P. (Peter) Henn

Ahn's Practical and Easy Method of Learning the French Language

first course

P. (Peter) Henn

Ahn's Practical and Easy Method of Learning the French Language
first course

ISBN/EAN: 9783337387464

Printed in Europe, USA, Canada, Australia, Japan

Cover: Foto ©Andreas Hilbeck / pixelio.de

More available books at **www.hansebooks.com**

Steiger's French Series.

AHN'S

Practical and Easy Method

OF LEARNING THE

FRENCH LANGUAGE.

BY

Dr. P. HENN.

First Course.

NEW YORK:

E. STEIGER & CO.

N O T E.

The excellence of *AHN'S Practical and Easy Method of Learning the French Language,* both as a guide for beginners, and as a manual for teachers, is allowed on all hands. Still, there is not an edition of this book extant, in which greater or less deficiencies do not occur. A due regard to the educational requirements of our time and country has induced the publisher to issue this new edition, containing a *fundamental Treatise on French pronunciation, complete Paradigms* of Declensions and Conjugations in so far as they occur in the book itself, and *full and accurate Vocabularies* of both the French and English words used in the exercises.

For the convenience of teachers and private learners, a *Key* to the Exercises has been issued.

The publisher trusts that these important improvements, whilst making this edition of *AHN'S Method* more serviceable to both pupil and teacher, will, at the same time, render the acquisition of French a short and attractive task.

NEW YORK, August 1873.

E.STEIGER, NEW YORK.
Printer and Electrotyper.

TABLE of CONTENTS.

A SHORT GUIDE to FRENCH PRONUNCIATION.

FIRST PART.
French and English Exercises.

III

SECOND PART.
Paradigms.

THIRD PART.
Vocabularies.

A SHORT
GUIDE TO FRENCH PRONUNCIATION.

I. THE ALPHABET.

The French Alphabet consists of the following twenty-five letters:

	Names			Names
a A	ah		n N	enn
b B	bay		o O	o
c C	say		p P	pay
d D	day		q Q	— 3
e E	eh		r R	err [4]
f F	eff		s S	ess
g G	jay [1]		t T	tay
h H	ash [2]		u U	— 3
i I	ee		v V	vay
j J	jee [1]		x X	ix
k K	kah		y Y	ee greek
l L	ell		z Z	zed
m M	emm			

1. *Simple vowels* are: **a, e, i, o, u, y.**
2. All other letters are *simple consonants*.
3. The following are *compound letters:*
   Compound vowels: **au, eau, ou, eu, oeu, ai, ei.**
   Nasal vowels: **an, am, en, em; in, im, ain, aim;** **on, om; un, um, eun.**
   Diphthongs: **ia, ie, iè, ié, io, ieu, oi, ui, oui.**
   Nasal diphthongs: **ian, ien, oin, uin, ion.**
   Compound consonants: **ch, ph, th, qu, gn.**

---

[1] *j* to be pronounced like *s* in *pleasure.*
[2] *a* to be pronounced as in *fast.*
[3] The French name of this letter cannot be represented by English letters; it must be learned from the mouth of the teacher.
[4] *err* to be pronounced as in *ferry.*

II. VOWELS.

1. Simple Vowels.

1. **a** is pronounced like *a* in *fast;* **â** with the Circumflex Accent (ˆ) has the sound of *a* in *father.* A vowel marked with the Circumflex Accent is always long.

a	animal	ami	âme	pâte	mât
has	animal	friend	soul	paste	mast

2. **e** at the end of words of more than one syllable, is silent.

dame	tape	table	larme	arbre	farine
lady	tape	table	tear	tree	flour

3. **e** at the end of words of one syllable, sounds like *u* in the English word *tub;* at the end of syllables not final, it has really the same sound, but is in many cases scarcely to be heard.

le	me	te	ne	de	venir	samedi
the	me	thee	not	of	to come	Saturday

4. **é** with the Acute Accent (´) is pronounced like *a* in *fate.*

le blé	le thé	le café	la vérité	le dé
the corn	the tea	the coffee	the truth	the thimble

5. **è** with the Grave Accent (`) is pronounced like *a* in *tare.*

le père	la mère	le frère	l'élève	la fève
the father	the mother	the brother	the pupil	the bean

6. **ê** with the Circumflex Accent is pronounced like *e* in *there.*

la tête	la fête	même	être	la bête
the head	the feast	same	to be	the beast

7. e without an accent, at the beginning and in the middle of syllables, is ordinarily pronounced like the French **è** *(a* in *tare);* in the final syllables **er, et, ez,** however, it sounds like the French **é** *(a* in *fate).*

elle	la ferme	parler	le bonnet	venez
she	the farm	to speak	the cap	come

8. i and î with the Circumflex Accent, are usually pronounced like *i* in *machine.* i is sometimes like the English short *i,* as in *pin.*

midi	bâtir	le mari	l'île	finir
noon	to build	the husband	the island	to finish

9. o has for the most part nearly the same sound as in English; it is usually pronounced like *o* in *robe;* sometimes it is short as in *odd;* ô with the Circumflex Accent has always the sound of *o* in *no.*

la mode	la robe	le rôle	le côté
the fashion	the dress	the roll	the side ·

10. u and û with the Circumflex Accent, cannot be rendered by any corresponding sound in English, and must be learned from the lips of the teacher.

la nature	la fortune	la flûte	mûr
(the) nature	the fortune	the flute	ripe

11. y when initial, or when after a consonant, has the sound of the French **i.**

y	le jury	la lyre	le type	l'hydre
there	the jury	the lyre	the type	the hydra

2. Compound Vowels.

12. au and eau are pronounced like *o* in *home.*

la faute	le baume	beau	le taureau
the fault	the balm	beautiful	the bull

13. ou sounds like *ou* in *soup*.

ou	la route	la poule	la soupe	le sou
or	the road	the hen	the soup	the cent

14. eu and **oeu** sound nearly like *u* in *nurse;* when followed by **r**, or another consonant not silent, the sound is more open.

le feu	bleu	neuf	la couleur	la sœur
the fire	blue	nine	the color	the sister

15. ai and **ei** are generally pronounced like *ai* in *bail;* **ai** at the end of a word, especially in some forms of the verb, is sounded like *a* in *fate.*

le maître	la paire	la baleine	j'aurai
the master	the pair	the whale	I shall have

3. Nasal Vowels.

16. In French, **n** and **m**, when final or before a consonant, are said to have a nasal sound, but more properly speaking, dropping their own sound, they only indicate that the preceding vowels are to be sounded through the nose. Thus **an, am, en, em** are used to represent the nasal sound of the French **a**, and are pronounced like *en* in the Anglicized word *encore.* In pronouncing these sounds, care should be taken not to press the back of the tongue against the palate, as is done in producing the sound of the English *ng.*

When the **m** or **n** of these and similar combinations is doubled or followed by a vowel, there is no nasal sound.

l'an	l'ancre	l'encre	la lampe	l'empire
the year	the anchor	the ink	the lamp	the empire

17. in, im, ain, aim, ein represent the nasal sound corresponding to the French **i**; they are all pronounced nearly like *an* in the English word *sang.*

le vin	l'impératrice	le pain	la faim	plein
the wine	the empress	the bread	the hunger	full

18. **on** and **om** represent the nasal sound corresponding to French **o**; they are pronounced nearly like *on* in *song*.

on	onze	le salon	la bombe	rompre
one, they	eleven	the drawing-room	the bomb	to break

19. **un, um, eun** represent the nasal sound corresponding to French **u**; they are pronounced nearly like *un* in *sung*.

un	chacun	brun	le parfum	à jeun
a, an	each	brown	the perfume	fasting

4. Diphthongs.

20. In French, all diphthongs are pronounced by uttering fully and distinctly the vowels which compose them; this should, however, be done by a single impulse of the voice. Thus:

ia is compounded from the French vowels **i** and **a**

ie	"	"	"	"	i	"	e
ié	"	"	"	"	i	"	é
iè	"	"	"	"	i	"	è
io	"	"	"	"	i	"	o
ieu	"	"	"	"	i	"	eu

le diable	la partie	le rosier	la fièvre
the devil	the part	the rose-bush	the fever

la nièce	le pied	l'amitié	la fiole	Dieu
the niece	the foot	the friendship	the phial	God

21. **oi** is pronounced like *wa* in *was*.
ui is compounded from the French vowels **u** and **i**.
oui . " " " " ou and i.

moi	le soir	la nuit	luire	Louise
I	the evening	the night	to shine	Louisa

5. Nasal Diphthongs.

22. ian is compounded from the French vowels **i** and **an** nasal.

ion	"	"	"	"	**i** "	**on**	"
oin	"	"	"	"	**o** "	**in**	"
uin	"	"	"	"	**u** "	**in**	"
ien	"	"	"	"	**i** "	**en**	"

All these diphthongs are pronounced by uniting the sounds of their component parts, except **ien** which is mostly final, and sounds like **i** and **in**; (*an* in the English word *sang*).

la viande   le lion   le coin   mien   Juin

the meat   the lion   the corner   mine   June

III. CONSONANTS.

23. **b, d, f, k, l, m, n, p, t, z,** at the beginning of words or syllables, are pronounced as in English.

A final consonant is generally silent. The letters **c, f, l, r,** however, when final, are generally pronounced.

le tapis   le nid   le bec   vif   le sel   le fer

the carpet   the nest   the beak   lively   the salt   the iron

24. **c** before **a, o, u,** or a consonant, and at the end of syllables and of some words, is pronounced like the English *k*. When it comes before **e, i,** and **y,** it is pronounced like *s* in the English word *same*. With the cedilla (**ç**), it always sounds like sharp *s*.

le canif   le roc   ceci   le garçon   la façade

the penknife   the rock   this   the boy   the front

25. **g** before **a, o, u,** and consonants, has the hard sound of *g* in *go;* before **e** and **i,** it is pronounced like *s* in *pleasure.* **gu** before **a. i, e** sounds like *g* in *go;* the **u** has no sound whatever, it only shows that the **g** is hard. **ge** before **a, o, u,** sounds like *s* in *pleasure;* the **e** is inserted to show that the **g** is soft.

gai   la glace   le gilet   le guide   le pigeon

gay   the ice   the vest   the guide   the pigeon

26. h in French is said to be aspirated or not, but is *never* pronounced. Mark that before all nouns beginning with a vowel or non-aspirated h, the article is l' (with the apostrophe) instead of le, la. With nouns beginning with h aspirated, the article remains unchanged.

l'heure	le hibou	le hêtre	la harpe
the hour	the owl	the beech-tree	the harp

27. j is always pronounced like *s* in *pleasure.*

le jour	le jeu	le journal	joli	le juge
the day	the play	the newspaper	pretty	the judge

28. l and ll, when preceded by i, are pronounced like *y* consonant in *yonder* (liquid l); in such words as have only the vowel i before the l or ll, the i has its regular sound.
When there is another vowel before the il or ill, the i is always silent, and the vowel before it has its regular sound. Thus:

eil and eill are compounded from e and l liquid.
ail " aill " " a " l "
euil " euill " ". eu " l "
ouil " ouill " '. ou " l "

Avril	la fille	vieil	la bouteille	le bail
April	the daughter	old	the bottle	the lease

la paille	le deuil	la feuille	le brouillon
the straw	the mourning	the leaf	the waste-book

29. s at the beginning of words has the sharp sound of the English *s* in *same;* between two vowels, it is pronounced like *s* in *rose;* ss has always the hissing sound of *ss* in *lesson.*

la semaine	la rose	la visite	la messe
the week	the rose	the visit	the mass

30. x as in English, has two different sounds; in most words beginning with **ex**, it sounds like **gs**; in others like **ks**.

l'axe	l'excuse	l'exercice	le luxe	exact
the axis	the excuse	the exercise	luxury	exact

31. y after a vowel is to be considered as a compound sound of two **i** (**ii**), the first **i** going with the preceding vowel, and the second with the following.

payer (pai-ier)	aboyer	le pays	le rayon
to pay	to bark	the country	the ray

32. ch sounds the same as the English *sh*. In a few words, however, taken from the Greek, and when it comes before a consonant, it is pronounced like **k**.

la bouche	la poche	le chapeau	la chronique
the mouth	the pocket	the hat	the chronicle

33. th is pronounced like **t** simply, and **ph** like *f*.

le thé	le thème	le phare	le phosphore
the tea	the exercise	the light-house	the phosphorus

34. q either followed by **u**, or without it, is pronounced like the English *k*.

qui	la qualité	quitter	cinq	Pâques
who	the quality	to leave	five	Easter

35. gn has a sound combining that of the English *n* and *y* consonant, like *ni* in *minion*.

la ligne	digne	le compagnon	l'Allemagne
the line	worthy	the partner	Germany

IV. SOME EXCEPTIONS AND DIFFICULTIES.

36. Mark the occasional sounds of the following letters

e=a in la femme imprudemment différemment
   the wife   imprudently   differently

œ=eu " l'œil   l'œillet   l'œillère   l'œillade
      the eye   the pink   the eyetooth the glance

c=g " second   je seconde   il seconde
      second   I second   he seconds

x=s " six   dix   soixante   Bruxelles
      six   ten   sixty   Brussels

x=z " deuxième dixième sixième le sixain
      second   tenth   sixth   the stanza

ti in the middle of words, when it comes before another vowel, is very often pronounced like *ce* in *cedar*.

la nation la fraction l'attention le Vénitien
the nation the fraction the attention the Venetian

ent final in The Third Person Plural of any French verb, is silent.

ils jouent   ils rient   ils sautent   ils lisent
they play   they laugh   they jump   they read

37. The *Apostrophe* (') does not change the pronunciation of the following syllable, and only denotes the elision of one vowel before another. Thus:

instead of:	we write and read:	instead of:	we write and read:
le ami the friend	l'ami	ce est that is	c'est
je aime I love	j'aime	si il if he	s'il

38. The *Trema* (¨) placed over the second of two vowels, denotes that they are to be pronounced as distinct letters:

l'aïeul   haïr   Saül   Noël   l'héroïne
the grandfather to hate   Saul   Christmas   the heroine

39. In *Dividing Words into Syllables*, it may be proper to observe the following rules:

In French, there are as many syllables in a word, as there are vowels or diphthongs.

A single consonant between two vowels, is joined to the latter

Two different consonants or the two same consonants must be separated.

There are many combinations, however, which always belong to the same syllable; namely: **bl, br, cl, cr, dl, dr, fl, fr,· gl, gr, pl, pr, tl, tr, vr, ch, ph, th, gn,** and, of course, all diphthongs.

le pè re	l'ar mée	la ter re	le maî tre
the father	the army	the earth	the master

la mou che	la li gne	le fia cre	Dieu
the fly	the line	the cab	God

V. CONNECTION OF WORDS.

40. In current reading and speaking, the last syllable of a word is generally joined to the first of the following, if that commences with a vowel or non-aspirated **h**. In this connection, however, some letters change their regular sound, namely:

d is pronounced like **t**		**g** is pronounced like **k**	
s or **x** " " **z**		**f** " " **v**	

The **t** of **et**, *and* is never pronounced.

grand homme.	rang élevé.	bon ami.
gran-thomme.	ran-kélevé.	bo-na-mi.
great man.	elevated rank.	good friend.

vous êtes aimable.	il est six heures.
vou-zête-zaimable.	i-lest si-zheures.
you are amiable.	it is six o'clock.

FRENCH AND ENGLISH EXERCISES.

---

1. le *(m.)*, la *(f.)*, *the*

---

père, *father*   frère, *brother*
mère, *mother*   sœur, *sister*
et, *and*

Le père, la mère. Le frère et la sœur.

2. The sister and the brother. The father and the mother.

3. bon *(m.)*, bonne *(f.)*, *good*

---

est, *is*

Le bon père, la bonne mère. Le père est bon, la mère est bonne. Le bon frère, la bonne sœur. Le frère est bon, la sœur est bonne. Le père et la mère.

4. The good brother, the good sister. The father is good, the mother is good. The good father, the good mother. The brother is good, the sister is good. The brother, the sister.

5. mon *(m.)*, ma *(f.)*, *my*

Mon père, ma mère. Mon bon père, ma bonne mère. Mon père est bon, ma mère est bonne. Mon frère et ma sœur. Mon bon frère et ma bonne sœur. Mon frère est bon, ma sœur est bonne. Le bon frère et la bonne sœur.

6. My good brother, my good sister. My brother is good, my sister is good. My good father and my good mother. My father is good, my mother is good.

7.   un *(m.)*, une *(f.)*, *a*, or *an*

Un père, une mère, un frère, une sœur. Un bon père,
une bonne mère, un bon frère, une bonne sœur. Un père est
bon, une mère est bonne. Mon père est un bon père, ma mère
est une bonne mère. Mon frère est un bon frère, ma sœur est
une bonne sœur.

8. A brother and a sister. A father and a mother. A good
brother, a good sister. A good father and a good mother.
The brother and the sister. My sister is a good sister. My
brother is a good brother. My mother is a good mother. My
father is a good father.

9.   ton *(m.)*, ta *(f.)*, *thy*

a, *has;* aussi, *also*

Ton père est bon, ta mère est bonne. Ton père a une
bonne sœur, ta mère a un bon frère. Mon frère est ton père.
Mon père est aussi ton père, et ma mère est aussi ta mère.

10. Thy brother, thy father, thy mother, thy sister. Thy
mother has a good father and a good sister. My brother is
also thy brother. My sister is also thy sister. Thy father has
a good brother.

11.   grand *(m.)*, grande *(f.)*, *large, long, tall*
petit *(m.)*, petite *(f.)*, *small, short, little*

le livre, *the book;* la plume, *the pen*

Le livre est bon, la plume est bonne. Mon livre est petit,
et ma plume est grande. Ton père a un bon livre, ta sœur a
une bonne plume. Mon frère est grand, et ma sœur est petite.
Ton petit frère et ta petite sœur. Ta sœur a ma plume, et
ton frère a mon livre. Ton petit livre est un bon livre.

12. My pen is small; my book is large. Thy father has a
good pen; thy mother has a good book. My brother is short,
and my sister is tall. Thy little sister is a good sister. The
book is good.

13. je, *I;*   ai, *have;*   j'ai, *I have;*   ai-je? *have I?*
tu, *thou;*   as, *hast;*   tu as, *thou hast;*   as-tu? *hast thou?*

J'ai un livre et une plume.   Tu as un bon livre et une
bonne plume.   J'ai un bon frère; tu as une bonne sœur.   J'ai
un grand livre; mon frère a aussi un grand livre.   Ma sœur a
une petite plume.   As-tu une sœur?   J'ai une sœur et un
frère.   As-tu ma plume?   J'ai ton livre et ta plume.

14. Hast thou a brother?   I have a brother and a sister.
I have a good father.   My mother has a little pen.   Hast thou
a large book?   I have a large book.   Hast thou a good father?
I have a good father   and a good mother.

15.   nous, *we;*   avons, *have;*   nous avons, *we have;*
                      avons-nous? *have we?*

le jardin, *the garden*

Nous avons un bon père et une bonne mère.   Nous avons
aussi un bon frère et une bonne sœur.   Le jardin est grand.
J'ai un petit jardin.   As-tu aussi un jardin?   Nous avons un
grand jardin.   Mon petit frère a aussi un jardin.   Ma petite
sœur a un bon livre.   Nous avons un grand livre et une petite
plume.

16.   We have a large garden.   I have a good book.   My little
brother has also a book.   The garden is small.   My mother is
good.   My father has a good pen.   My little sister has a large
book.   We have a little garden.   We have a good brother
and a good sister.

17.   vous, *you;*   avez, *have;*   vous avez, *you have;*
                      avez-vous? *have you?*

acheté, *bought;* vu, *seen*

Vous avez un bon père et une bonne mère.   Avez-vous
aussi un bon frère?   J'ai un livre.   J'ai acheté un livre.   Nous
avons vu un grand jardin.   Avez-vous vu le grand jardin?

Mon frère a aussi vu un grand jardin. J'ai acheté une plumè.
As-tu acheté une bonne plume? As-tu vu mon livre? J'ai vu
ton livre et ta plume. Avez-vous vu ma petite sœur? Mon
père a acheté un jardin. Ta sœur a acheté un petit livre.
Avez-vous vu mon frère? Nous avons vu ta sœnr et ton frère.

18. Have you seen my father? We have seen thy father and
thy mother. Have you bought a good book? I have bought
a book and a pen. We have seen a little garden. Have you
seen my little brother? I have seen thy little sister. Thy
brother has bought a pen. My mother has bought a large
garden.

19. notre, *our;* votre, *your*

oncle, *uncle;* tante, *aunt*

Notre père est un bon père, et notre mère est une bonne
mère. Mon père est ton oncle, et ma mère est ta tante. Ton
frère a vu notre mère. J'ai vu votre sœur. Avez-vous vu
notre petit frère? Votre livre est bon. Votre frère a une
bonne plume. Notre père a acheté un grand jardin. Nous
avons vu votre oncle et votre tante. As-tu aussi vu notre
jardin?

20. Our brother is a good brother, and our sister is a good
sister. Thy father is my uncle, and thy mother is my aunt.
Have you seen your father? Our book is small. Your garden
is large. Your sister has bought a pen, and your brother has
bought a good book. Have you seen your aunt?

21. il, *he, it;* elle, *she, it*

mais, *but;* très, *very;* très-bon, *very good*

Mon père est bon; il a aussi un bon frère. Ma mère est
bonne; elle a aussi une bonne sœur. Ton livre est petit, mais
il est bon. Avez-vous vu notre jardin? Il est très-grand.
J'ai acheté une plume; elle est très-bonne. Nous avons vu
votre oncle; il a acheté un grand livre.

22. Our mother is good; she has also a good brother. My father is tall; he has also a tall sister. Have you seen our uncle? He has a large book. I have bought a garden; it is very small. Thy pen is small, but it is very good.

23. qui *(m. & f. nom.)*, *who, which, that*
qne *(m. & f. acc.)*, *whom, which, that*

Nous avons un père qui est bon. Vous avez une mère qui est bonne. J'ai un livre qui est très-bon. Ma sœur a une plume qui est très-bonne. Le livre que vous avez acheté, est bon. Le jardin que nous avons vu, est très-grand. As-tu vu le livre que mon frère a acheté? Le livre que·votre frère a acheté, est bon, mais il est très-petit. J'ai acheté aussi un livre, mais il est grand. Votre oncle a le livre que vous avez vu.

24. My uncle has the book that you have bought. Have you also bought a book? I have seen the garden which your brother has bought. We have a mother who is good. You have a father who is very good. The garden which you have bought, is large. My father, whom you have seen, is very tall. Your brother has a pen which is very good.

25. le chapeau, *the hat, bonnet*   le canif, *the penknife*
la montre, *the watch*   le cheval. *the horse*

un enfant, } *a child*
une enfant, }

Où avez-vous trouvé mon chapeau?   *Where did you find (have you found) my hat?*

trouvé, *found*   pour, *for*
perdu, *lost*   où, *where*

J'ai un petit chapeau. Ton chapeau est grand. Mon frère a une montre. As-tu aussi une montre? Ma montre est petite, mais elle est très-bonne. J'ai perdu un canif. Avez-vous trouvé mon canif? Ma mère a acheté un chapeau pour ma sœur. As-tu vu le chapeau que ma mère a acheté? Nous avons trouvé un livre. Avez-vous perdu un livre? Où as-tu

acheté ta plume? Notre père a acheté un cheval. Votre oncle a un bon cheval. Nous avons vu le cheval que votre père a acheté. Mon frère est un enfant; il est très-petit.

26. My sister is a child; she is very little. Have you seen the horse that your father has bought? Your aunt has lost a book. My sister has found the penknife which you have lost. Where didst thou find (hast thou found) my pen? Have you seen the bonnet which my mother has bought for my sister? Where did you lose (have you lost) your hat? Where hast thou seen my watch? My horse is very small, but he is very good. Have you a large garden?

27. ce, cet *(m.)*, cette *(f.)*, *this, that*

cet is used instead of ce before a vowel or silent **h.**

ce rameau, *this branch*	cet habit, *this coat*
cet arbre, *this tree*	cette fleur, *this flower*

Ce cheval est bon. Ce rameau est grand. Ce livre est petit. Cet enfant est notre frère. Cette plume est pour ma sœur. Cet habit est pour mon oncle. J'ai trouvé un livre. Où avez-vous trouvé ce livre? Ma mère a acheté ce chapeau. Ton frère a vu cet arbre. Votre petit frère est un bon enfant. Où as-tu acheté cette fleur? Cette montre est très-bonne. Ce chapeau est pour cet enfant.

28. This hat is for my brother. This tree is very small. He is very good. Where did you find (have you found) this penknife? This flower is for my uncle. Thy father has seen this coat. Your aunt has bought this garden. Have you lost your pen? Where didst thou find (hast thou found) this book? I have found a watch which is very small. This bonnet is for thy sister; she is good. This branch is small.

29.
le fils, *the son*	le cadeau, *the present*
la fille, *the daughter*	la lettre, *the letter*
reçu, *received*	écrit, *written*
vendu, *sold*	dans, *in*

Mon oncle a un fils et une fille. J'ai vu ton frère et ta sœur. Nous avons reçu un cadeau. Avez-vous écrit une lettre?

Ma sœur a reçu un chapeau. J'ai vendu mon cheval. As-tu aussi vendu ta montre? Où avez-vous trouvé cette lettre? Nous avons trouvé cette lettre dans notre jardin. Ce cadeau est pour votre tante. Votre fils est très-petit, mais il est bon. Ma fille est très-grande. Cette fille a un bon père et une bonne mère. Cet enfant est mon fils.

30. This child is my daughter. This son has a good uncle and a good aunt. My daughter has received a present. Your mother has written a letter for my sister. This watch is for your brother. Hast thou sold thy horse? Where did you lose (have you lost) the watch? I (have) lost the watch in the garden. Have you seen my son and my daughter? My brother has received a letter. Have you sold your horse?

31.
son *(m.)*, } *his, her, its*
sa *(f.)*,

son oncle, *his* or *her uncle*
sa tante, *his,* or *her aunt*
sa tête, *his, her,* or *its head*

Mon oncle a perdu son canif et sa montre. Ma sœur a perdu son livre et sa plume. Mon père a vendu son cheval. Ma tante a aussi vendu son cheval. Où est votre oncle? Il est dans son jardin. Où est votre tante? Elle est dans son jardin. Ce père a perdu sa fille. Cette mère a perdu son fils. Mon oncle a acheté un chapeau pour son petit enfant. Cette lettre est pour ma sœur. Cette fille a écrit une grande lettre pour sa mère. Nous avons trouvé un livre dans ce jardin.

32. Thy mother has lost a book. My sister has found a pen. Where did you buy (have you bought) this penknife? Hast thou seen our horse? We have seen a large horse. Your little brother has a good watch. Our brother is tall, but our sister is short. I have a hat which is very large. The penknife which you have bought, is a good one (is good). Our uncle has received a letter. This son has lost his mother. This daughter has lost her father. This present is for this child.

33. de, *of* or *from*

de mon père, *of* or *from my father;* or, *my father's*
de ma mère, *of* or *from my mother;* or, *my mother's*
de ton frère, *of* or *from thy brother;* or, *thy brother's*
de ta sœur, *of* or *from thy sister;* or, *thy sister's*
de son oncle, *of* or *from his uncle;* or, *his uncle's*
de sa tante, *of* or *from his aunt;* or, *his aunt's*
de ce jardin, *of* or *from this garden*

La plume de mon père est   *My father's pen (the pen of*
bonne.   *my father) is good.*

Le canif de mon père est bon. La plume de ma sœur est
bonne aussi. Avez-vous le canif de mon frère? Le jardin de
mon oncle est grand. J'ai vu le jardin de votre oncle. Notre
père a acheté le jardin de ta tante. Vous avez perdu la plume
de ma sœur. Cet enfant est le fils de mon oncle. J'ai reçu un
canif de notre tante. Nous avons reçu un cheval de votre
oncle. As-tu vu le père de cet enfant? Ma tante a reçu une
lettre de son père. Cette lettre est de ma mère. As-tu reçu
ce cadeau de ton frère? Le fils a perdu le livre de son père.

34. This child has found his father's book (the book of his
father). Have you received a letter from your mother? Hast
thou seen my father's horse (the horse of my father)? I have
lost my sister's penknife. My aunt has bought my uncle's garden. We have sold my brother's hat. My sister's penknife is
large. My aunt's garden is small. This watch is for thy son.
Thy sister's horse is in the garden.

35.   à, *to*

à mon père, *to my father*
à ma mère, *to my mother*
à ce jardin, *to this garden*

Je pense à vous; *I think,* or *I am thinking of (to) you.*

donné, *given;* prêté, *lent*

Je pense à mon frère et à ma mère. Mon fils a écrit une
lettre à sa tante. Mon oncle a vendu son cheval à mon frère.

J'ai donné mon canif à ma sœur. Ma tante pense à son fils et
à sa fille. Le fils de notre tante est très-bon. J'ai prêté mon
canif à votre sœur. Avez-vous vendu votre jardin à mon oncle?
Nous avons écrit une grande lettre à notre père. Ma tante a
reçu cette lettre de sa fille. J'ai prêté à ton frère le canif que
j'ai reçu de mon oncle. Nous avons donné une plume à cet
enfant. As-tu prêté ton livre à ce bon enfant? Je pense à ce
fils et à cette fille.

36. My uncle's garden (the garden of my uncle) is large.
We have seen thy father's horse (the horse of thy father).
Have you found my sister's book? I have received this pen
from my aunt. Hast thou received a book from this child?
We have lent our book to thy brother. Did you find (have
you found) this hat in your garden? We have written a letter
to our brother and to our aunt. Thy mother has given a watch
to my sister.

37.

oncle, *uncle*	l'oncle, *the uncle*
enfant, *child*	l'enfant, *the child*
ami, *friend (m.)*	l'ami, *the friend (m.)*
amie, *friend (f.)*	l'amie, *the friend (f.)*
homme, *man*	l'homme, *the man*
arbre, *tree*	l'arbre, *the tree*

l'oncle is used instead of le oncle
l'amie is used instead of la amie
l'homme is used instead of le homme

————

riche, *rich*	jeune, *young*
pauvre, *poor*	malade, *sick, ill*

encore, *still, yet, again*

L'ami de mon père est riche. J'ai vu l'amie de votre mère.
Cet homme est l'ami de mon oncle. L'enfant de cet homme est
malade. Cet enfant est encore jeune. L'oncle de mon ami
est très-riche. Avez-vous vu l'arbre que mon père a acheté?
Mon oncle a vendu cet arbre à votre père. L'homme que vous
avez vu, est très-pauvre. Son fils est malade. Mon ami est
un homme très-riche. J'ai donné une plume à ce pauvre enfant. La tante de ce jeune homme est malade.

38. This poor man is the friend of my brother. I have found thy father's watch (the watch of thy father). Have you given the tree to your uncle? His sister is young. My son has received a letter from this man. I think of (to) my horse and (to) my garden. The uncle of that child is very young. The man whom you have seen, is still poor. Where did you buy (have you bought) this hat for your brother? The friend of this young man has received a present.

39.

Masculine.	Feminine.
le voisin, *the neighbor*	la voisine, *the neighbor*
le cousin, *the cousin*	la cousine, *the cousin*
l'ami, *the friend*	l'amie, *the friend*
le jardinier, *the gardener*	la jardinière, *the gardener*
l'homme, *the man*	la femme, *the woman*

Cet homme est notre jardinier. Cette femme est notre jardinière. Notre voisin est très-riche. Votre voisine est une bonne femme. Avez-vous vu mon cousin? J'ai vu votre cousin et votre cousine. Votre cousin est l'ami de mon frère. Ma sœur est l'amie de votre cousine. La bonne jardinière a perdu son enfant. La voisine de mon oncle a un très-bon fils. Notre jardinier est le père de cet enfant. La fille de cette pauvre femme est malade. J'ai reçu un cadeau de ton cousin. Ma sœur a écrit une lettre à votre cousine.

40. Our gardener is a good man. Our friend is a good woman. Thy cousin is the friend of my neighbor. My friend is the uncle of this young man. I have seen this gardener's tree. Our neighbor has a very good son and a very good daughter. Hast thou seen this poor man's child? I have given my penknife to this poor child.

41.

Masculine.	Feminine.	
plus utile	plus utile	*more useful*
plus sage	plus sage	*wiser, better*
plus joli	plus jolie	*prettier*
plus grand	plus grande	*larger*
plus petit	plus petite	*smaller*

Masculine.	Feminine.	
le mien	la mienne	*mine*
le tien	la tienne	*thine*
le sien	la sienne	*his, hers, its*
le nôtre	la nôtre	*ours*
le vôtre	la vôtre	*yours*

Mon jardin est plus grand que   *My garden is larger than*
le tien.   *thine.*
Notre maison est plus grande   *Our house is larger than*
que la tienne.   *thine.*

sage, *wise, good (as to conduct)*   que, *than, as*

Mon canif est plus joli que le tien. Ma plume est plus grande que la tienne. Notre cheval est plus grand que le vôtre. Ton père est plus petit que le mien. Le jardin de votre oncle est plus grand que le nôtre. Cet homme est plus riche que notre père. Cet enfant est plus sage que ton petit frère. Le chapeau de ma sœur est plus joli que le mien. Ce livre est plus utile que le nôtre. As-tu trouvé un chapeau? Ma sœur a perdu le sien. Notre tante est plus riche que la vôtre. Notre oncle a un jardin qui est très-grand, mais le vôtre est plus grand. Nous avons un livre qui est plus utile que le vôtre. J'ai donné mon canif à ton frère; il a perdu le sien. Le fils de notre jardinière a trouvé une plume dans notre jardin; il a donné la sienne à mon petit frère. Mon frère a donné sa plume à ma cousine, qui a perdu la sienne.

42. Thy house is smaller than mine. Your book is more useful than ours. My child is better than thine. I have a garden which is prettier than hers. Have you seen a larger watch than mine? Your neighbor is richer than ours. My pen is larger than thine. I have found a watch, and my brother has lost his. Your cousin has a garden which is larger than mine. His aunt is richer than ours. My bonnet is larger than thine. We have a horse which is more useful than yours.

43. facile, *easy*   agréable, *agreeable, pleasant*
difficile, *difficult*   honnête, *honest*
        fidèle, *faithful*

le chien, *the dog*   la maison, *the house*
le chat, *the cat*   le soleil, *the sun*
la campagne, *the country*   la lune, *the moon*
la ville, *the town*   le thème, *the exercise*
haut *(m.)*, haute *(f.)*, *high*

Mon frère est encore jeune. Il est plus jeune que votre
cousin. Cet homme est pauvre, mais ce jardinier est encore
plus pauvre. Notre tante a une grande maison. Avez-vous
vu la maison de notre tante? Cet enfant est plus sage que ma
petite sœur. Ma cousine a un petit chat. J'ai donné mon
petit chien à notre cousin. Le chien est plus fidèle que le chat.
Votre voisin est pauvre, mais il est honnête. La jardinière est
une très-honnête femme. Le soleil est plus grand que la lune.
La campagne est très-agréable. La campagne est plus agréable que la ville. Notre ville est plus petite que la vôtre.
Mon ami a un petit chien qui est très-fidèle. Cet arbre est
très-haut; il est plus haut que le mien. Cette maison est très-
haute; elle est plus haute que la vôtre. Ton thème est plus
facile que le nôtre, mais le thème de mon cousin est très-difficile.

44. Hast thou seen the mother of this child? She is very
poor; she is poorer than the mother of our gardener. Have
you seen my dog? He is larger than thine. My cousin has
also a dog which is very faithful. Thy uncle is richer than
ours. This town is very large. We have bought a large house.
Thy little brother is very good; he is better than ours. We
have an aunt who is very rich.

45.   celui *(m.)*, celle *(f.)*, *that*

Mon chien est plus petit que   *My dog is smaller (more small)*
celui de votre ami.   *than your friend's (that of*
                          your friend).

Ta montre est plus petite que   *Thy watch is smaller than thy*
celle de ta sœur.   *sister's (that of thy sister).*

Ce canif est plus joli que celui de mon frère. Cette montre est plus jolie que celle de votre cousin. Cet arbre est plus haut que celui que nous avons vu dans votre jardin. Mon chapeau est plus petit que celui de votre sœur. Votre plume est plus grande que celle de votre ami. Le chien de votre voisin est plus fidèle que celui de notre tante. Ce thème est très-difficile. Le thème de votre cousin est plus difficile que le vôtre, mais celui de ma sœur est encore plus difficile. La voisine de mon oncle a un petit chien qui est plus fidèle que celui de votre jardinier, mais le mien est encore plus fidèle. Mon thème est plus facile que le tien et que celui de ton frère.

46. The moon is smaller than the sun. The dog is more faithful than the cat. Thy book is more useful than thy cousin's (that of thy cousin). The hat of thy brother is smaller than my father's (that of my father). The house of our gardener is larger than your neighbor's (that of your neighbor) *(f.)*. The friend of our uncle is richer than your brother's (that of your brother).

47.

Emilie, *Emily*	Adolphe, *Adolphus*
Henri, *Henry*	François, *Francis*
Jean, *John*	Guillaume, *William*
Louis, *Louis*	Louise, *Louisa*

à Bruxelles, *to, at, in Brussels*	à Londres, *to, at, in London*
à Vienne, *to, at, in Vienna*	à Philadelphie, *to, at, in Philadelphia*

arrivé *(m.)*, arrivée *(f.)*, *arrived*
parti *(m.)*, partie *(f.)*, *set out, departed*

il est arrivé, *he has (is) arrived*   s'appelle, *is called*
elle est arrivée, *she has (is) arrived* est à, *belongs to (is to)*

Le fils de notre voisine s'appelle Charles, et sa fille s'appelle Louise. L'enfant de notre jardinier s'appelle Guillaume. La tante de Ferdinand est arrivée, mais son père est parti pour Philadelphie. La sœur de Louis est très-sage. Je pense à Jean

et à Louis. La sœur de Louise a écrit une lettre à Emilie. François a reçu cette plume d'un jeune homme qui s'appelle Jean
Henri a donné son livre à Ferdinand et sa plume à Joseph.
Le cousin de Jean est parti pour Paris. Le chien de Charles
est plus fidèle que celui de François. Nous avons donné notre
petit chat à Guillaume. Ce canif est à Adolphe, et cette plume
est à Jean. Notre tante est à Paris. Mon cousin est à Vienne.
Ce jeune homme est de Bruxelles. Notre ami est de Baltimore.

48. Josephine has lost her bonnet. Hast thou found Henry's
penknife? John's father is very good. Charles's garden is
smaller than mine. Joseph's friend has (is) set out. My cousin
has arrived. ·We have received a letter from Louis; he is in
London. Have you seen John and Ferdinand? We have
written a letter to our friend at (of) Boston.

49.

Singular.	Plural.
le père, *the father*	les pères, *the fathers*
la mère, *the mother*	les mères, *the mothers*
l'enfant, *the child*	les enfants, *the children*
l'homme, *the man*	les hommes, *the men*

bon *(m.)*, bonne *(f.)*	bons *(m.)*, bonnes *(f.)*, *good*
content *(m.)*, contente *(f.)*	{ contents *(m.)*, contentes *(f.)*, *contented, pleased*
petit *(m.)*, petite *(f.)*	petits *(m.)*, petites *(f.)*, *little*
le *(m.)*, la *(f.)*	les, *the*
	sont, *are*

Mes frères sont arrivés.	*My brothers have (are) arrived.*
Mes sœurs sont arrivées.	*My sisters have (are) arrived.*

la fleur, *the flower*	toujours, *always*
la pomme, *the apple*	sont à, *belong to (are to)*
la poire, *the pear*	il aime, *he loves, he likes*
la cerise, *the cherry*	souvent, *often*

Les pères sont bons, et les mères sont bonnes aussi. Les
livres de mon oncle sont utiles. Les plumes de ma sœur
sont petites. Les enfants de cet homme sont très-sages. Les
sœurs de mon ami sont bonnes. Avez-vous vu les livres de

mon cousin ? Nous avons trouvé les livres et les plumes de
votre frère. La mère de Charles aime les fleurs et les enfants.
Les amis de Ferdinand sont arrivés. Les frères de mon voisin
sont partis pour Vienne. Cette maison est haute. Les maisons
de cette ville sont très-hautes. Les arbres de notre jardin sont
plus hauts que les arbres de votre jardin. Les enfants de notre
jardinier sont encore très-jeunes. Les thèmes de ma cousine
sont faciles, mais les thèmes de mon frère sont très-difficiles.
Ta sœur est contente. Les filles de notre voisin sont toujours
contentes. Les pauvres sont souvent plus contents que les
riches.

50. The children of our gardener are good *(sages)*. Your
father's books are very useful. The friends of my uncle are
very rich. Vienna is a large city. The houses in (of) Vienna
are very high. Francis and Henry have (are) arrived. Louisa
and Josephine have (are) set out. The sisters of Henry are
still young. We have seen the children of this poor woman.
This woman is always contented ; she is more contented than
our neighbor *(f.)* who is very rich.

51. un *(m.)*, une *(f.)*, one
  deux, *two*
  trois, *three*
  quatre, *four*
  cinq, *five*
  six, *six*
  sept, *seven*
  huit, *eight*
  neuf, *nine*
  dix, *ten*
  onze, *eleven*
  douze, *twelve*
  treize, *thirteen*
  quatorze, *fourteen*
  quinze, *fifteen*
  seize, *sixteen*
  dix-sept, *seventeen*
  dix-huit, *eighteen*

dix-neuf, *nineteen*
vingt, *twenty*
vingt et un, *twenty-one*
vingt-deux, *twenty-two*
trente, *thirty*
trente et un, *thirty-one*
trente-deux, *thirty-two*
quarante, *forty*
cinquante, *fifty*
soixante, *sixty*
soixante et dix, *seventy*
soixante et onze, *seventy-one*
soixante-douze, *seventy-two*
quatre-vingts, *eighty*
quatre-vingt-un, *eighty-one*
quatre-vingt-dix, *ninety*
cent, *a hundred*
cent un, *a hundred and one*

Janvier (m.), January	Juillet (m.), July
Février (m.), February	Août (m.). August
Mars (m.), March	Septembre (m.), September
Avril (m.), April	Octobre (m.), October
Mai (m.), May	Novembre (m.), November
Juin (m.), June	Décembre (m.), December

la chambre, the room	l'année bissextile, leap-year
la table, the table	le jour, the day
la chaise, the chair	une heure, an hour
l'an (m.), l'année (f.), the year	une minute, a minute
	une seconde, a second
le mois, the month	il y a, there is, there are
la semaine, the week	font, make

Dans notre maison il y a quatorze chambres. Dans cette chambre il y a deux tables et douze chaises. Notre voisin a cinq enfants, trois fils et deux filles. Dans notre jardin il y a vingt grands arbres. Dans la maison de notre jardinier il y a cinq chats et trois chiens. Nous avons un chat et deux chiens. L'an a douze mois; la semaine a sept jours. J'ai reçu de mon père quatre pommes et six poires. Mon oncle a donné à ma sœur un joli canif et vingt plumes. Un jour a vingt-quatre heures. Une heure a soixante minutes. Janvier a trente et un jours. Avril a trente jours. L'année a trois cent soixante-cinq jours. Soixante secondes font une minute.

52. Our father has three penknives. My friend has five sisters. This woman has seven children. I have bought six chairs. This man has four sons and two daughters who are very good (sages). We have received three letters for my uncle. My friend has found a penknife and eight pens. Sixty seconds make one minute. Sixty minutes make one hour. Twenty-four hours make one day. Seven days make one week. Twelve months make one year. March has thirty-one days. June has thirty days. Leap-year has three hundred and sixty six days.

53.

Singular.		Plural.
Masc.	Fem.	Both Genders.
mon	ma	mes, *my*
ton	ta	tes, *thy*
son	sa	ses, *his, her*

		Masc.	Fem.
le mien	la mienne	les miens	les miennes, *mine*
le tien	la tienne	les tiens	les tiennes, *thine*
le sien	la sienne	les siens	les siennes, *his, hers*
il, *he*	elle, *she*	ils	elles, *they*

Indicative Mood, Present Tense.

j'ai, *I have*	nous avons, *we have*
tu as, *thou hast*	vous avez, *you have*
il a, *he has*	ils ont, ⎫ *they have*
elle a, *she has*	elles ont, ⎭

j'aime, *I love, I like*   arrosé, watered

J'aime mes frères et mes sœurs. J'aime aussi mes cousins et mes cousines. Ces arbres sont jolis; les miens sont jolis aussi. Mon frère a perdu ses plumes. Cette femme aime ses enfants. Cet homme a perdu ses amis, et cette mère a perdu ses enfants. J'ai donné mes fleurs à ton cousin. J'ai reçu cette année six lettres de mes amis. Mon cousin a écrit cette semaine deux lettres à ses amis. As-tu arrosé tes fleurs? J'ai arrosé les miennes et les tiennes. Ma sœur a aussi arrosé les siennes. Mes cousines ont reçu deux jolis chats; elles sont très contentes. Tes frères ont acheté deux chiens qui sont très fidèles. Ils ont donné trois livres à mes sœurs. Charles a perdu son chapeau et le mien.

54. Have you seen my uncles and my aunts? My books are more useful than thine. I love thy cousins. Thy cousins (*f.*) are good; mine (*f.*) are good also. Hast thou written thy letters? I have written mine. We have seen thy children and mine in the garden. William has sold my flowers and his own (his) also. My exercises are more easy than his. Our neighbor's dog is more faithful than our aunt's (that of our aunt). Have you lent your book to this good child? There are three men in the house.

55.

Singular.		Plural.
Masc.	*Fem.*	*Both Genders.*
notre	notre	nos, *our*
votre	votre	vos, *your*

le nôtre	la nôtre	les nôtres, *ours*
le vôtre	la vôtre	les vôtres, *yours*

triste, *sad*

Avez-vous vu nos frères et nos sœurs? J'ai vu vos cousins et vos cousines. Où sont nos livres et nos plumes? J'ai perdu vos livres et les nôtres. Mon frère a trouvé mes livres et les vôtres. Nous avons arrosé nos fleurs. Avez-vous aussi arrosé les vôtres? Votre sœur est partie cette semaine. Mon père et ma mère sont malades. Ces enfants sont très-tristes. Mes cousins sont arrivés. Vos jardins sont plus grands que les nôtres. Notre ville est plus petite que la vôtre. Nos sœurs sont plus jeunes que les vôtres. Tes frères sont les amis de mes cousins. Je pense souvent à vos frères. J'ai acheté trois canifs pour les enfants de notre cousin. Où sont vos sœurs? Elles sont à Philadelphie. Et vos frères? Ils sont partis pour St. Louis.

56. My children are very ill. Our friends are very sad. I have seen thy flowers. Hast thou found my books and my pens? I have written a letter to thy brothers. We have received two letters from our cousins who are in Paris. Thy uncle has watered his flowers and ours. I have given to this poor child my pens and thine. My father has sold his dogs and mine.

57.

Singular.	Plural.
ce, cet *(m.)*, *this, that*	ces, *these, those*
cette *(f.)*, *this, that*	ces, *these, those*

ce bouquet, *this nosegay*	ces bouquets, *these nosegays*
cet arbre, *this tree*	ces arbres, *these trees*
cette rose, *this rose*	ces roses, *these roses*

un franc, *a franc* (= *twenty cents*)
sur, *on, upon*   avec, *with*

Ces jardins et ces maisons sont à ma tante. Ces pommes et ces poires sont à mes sœurs. Ces bouquets sont grands. Ces enfants sont très-sages; ils ont une bonne mère. Où avez-vous acheté ces roses? Nous avons trouvé ces livres sur cette table. Ma tante a donné deux francs à ces pauvres enfants. Ils sont arrivés avec ce jeune homme. Ces cerises sont pour vos frères. Avez-vous vu mes fils et mes filles? Ces deux hommes sont frères. Ces deux femmes sont sœurs. J'ai acheté ces tables et ces chaises pour ma fille. Ces petits arbres sont à notre voisin. Ces deux grandes maisons sont à notre oncle. J'ai trouvé ces fleurs dans votre jardin. Ces enfants sont tristes; la mère de ces enfants est très-malade. Vos fils sont plus sages que les miens, mais mes filles sont plus sages que les vôtres. J'ai reçu ces pommes de notre jardinier, et ces poires de notre jardinière.

58. These pens are good. These trees are high. I have given these books to my friend. Hast thou watered these roses? These children are better than the sons of our neighbor. These books are more useful than ours. These pears and apples belong to my brother. We have bought these trees. This poor woman has seven children, four sons and three daughters. We have received these cherries from these children. These nosegays are very large.

59.

Singular.	Plural.
tout (m.) toute (f.)	tous (m.) toutes (f.) all

tout le monde. *everybody* (all the world)	tous les hommes, *all men*
	toutes les femmes, *all women*
toute la ville, *the whole city*	tous les jours, *every day (all the days)*

le monde, *the world*	la nuit, *the night*
la terre, *the earth, land*	la prairie, *the meadow*
Dieu, *God*	envoyé, *sent*
créé, *created*	pleuré, *cried, wept*

un écu, *a crown, a dollar*

J'aime tous les hommes. Tous mes amis sont partis pour la campagne. Tous ces jardins et toutes ces prairies sont à ma tante. Cette femme a perdu tous ses enfants. J'ai perdu tous mes livres et toutes mes plumes. Notre jardinier a perdu sa bonne mère; il a pleuré toute la nuit. Dieu a créé toute la terre. Avez-vous arrosé tous ces petits arbres et toutes ces fleurs? Le jardinier a arrosé tout le jardin. Tous ces thèmes sont faciles. Mon cousin a prêté tous ces livres à Henri. Louise a perdu toutes ses plumes. Avez-vous écrit toutes ces lettres? Ma tante a envoyé trois écus à cette pauvre femme. Elle a donné toutes ces pommes et toutes ces poires à ces enfants. Nous avons acheté toutes ces cerises.

60. My father has sold all his dogs. We have sold all our gardens. I have lost all my friends. All these books belong to our neighbor. I love all these children. I think every day of (to) Louis and (to) Charles. Where did you buy (have you bought) these penknives? I have seen the whole house. All our letters have arrived *(arrivées)*. Charles is departed with all his friends. We have found all these apples in the garden of our neighbor. Everybody loves flowers.

61.

la mère,	*the mother*	l'enfant,	*the child*
de la mère	{ *of the mother* *the mother's* *from the mother*	de l'enfant	{ *of the child* *the child's* *from the child*
à la mère,	*to the mother*	à l'enfant,	*to the child*

le roi, *the king*   la reine, *the queen*
  l'argent *(m.)*, *the money, silver*

La mère de la reine est bonne. Le jardinier a acheté quatre chaises pour le jardin. J'ai prêté mon canif à l'ami de ton frère. Nous avons reçu un petit chien de la mère de cet enfant. Votre oncle a écrit une lettre à la sœur de notre voisin. Le roi a envoyé un cheval à la reine. J'ai reçu toutes ces fleurs de la jardinière. Les enfants de la jardinière sont malades. Je pense à l'amie de notre sœur. Henri a donné son argent à l'enfant de cette pauvre femme. Le chien est utile à l'homme.

Ce jardin est à l'oncle de mon ami. Ces prairies sont à la tante de ce jeune homme. Nous avons vendu notre cheval à l'ami de notre voisin. L'argent de l'enfant est perdu.

62. Have you given the apple to Henry's aunt? My mother's flower is very pretty. The horse is useful to (the) man. The sister of the queen is very ill. Have you written to the friend of the gardener *(f.)*? The father of the child is poor. My neighbor's tree is higher than yours. The friend of the man has (is) set out from Paris. My neighbor has received a present from his brother. My mother has received all these cherries from the aunt of her neighbor. This watch belongs to John's uncle. My sister has been crying (has cried) all night.

63. le père, *the father*   le soldat, *the soldier*

du père, $\begin{cases} of\ the\ father \\ the\ father's \\ from\ the\ father \end{cases}$ du soldat, $\begin{cases} of\ the\ soldier \\ the\ soldier's \\ from\ the\ soldier \end{cases}$

au père, *to the father*   au soldat, *to the soldier* '

du is used instead of **de le**; **au** is used instead of **à le**.

la loi, *the law*   la vie, *(the) life*
le peuple, *the people*   le bonheur, *(the) happiness*
la partie, *the part*   le malheur, *(the) misfortune*
    court *(m.)*, courte *(f.)*, *short*

Un bon père aime ses enfants. Le frère du roi est arrivé. Avez-vous vu le jardin du roi? La vie de l'homme est courte. Mon livre est très-court. Charles a donné cinq écus à cette pauvre femme. Le jour est une partie de la semaine. La semaine est une partie du mois. La terre est une petite partie du monde. Le chien est l'ami de l'homme. Les malheurs de ces hommes sont grands. Les enfants du jardinier sont très-sages. J'ai donné un petit chien au fils du soldat. As-tu reçu se canif du jardinier? Ce cheval est au voisin de mon oncle. Le bonheur de la vie est court. Mon cousin a vendu sa maison au frère de notre voisin. Ma sœur a donné tout son argent à l'enfant de cette femme. Les bonnes lois font le bonheur du peuple. Je pense toujours au malheur de mon ami.

64. I am always thinking of (to) the happiness of my child. My friend's sister has seen the gardener's meadow. I have given a book to the brother of my friend *(m.)*. My brother has bought a present for his friend's child (for the child of his friend). These trees belong to the son of our gardener. The month is a part of the year. The earth is larger than the moon. We have sold the garden and (the) house to my cousin's friend (to the friend of my cousin). Thy sister is a friend of mine (one of my friends). The poor man whom I have seen is the son of the gardener. The dog is faithful to man.

65. les arbres, *the trees*
des arbres, *of* or *from the trees*
aux arbres, *to the trees*

des is used instead of **de les; aux** is used instead of **à les.**

Un bon fils est le bonheur du père. Les chiens sont les amis des hommes. Ces arbres sont aux fils du jardinier. J'ai donné mes livres aux filles de cette pauvre femme. Le cheval est utile aux hommes. Les enfants des pauvres sont souvent plus contents que les enfants des riches. Nous avons reçu toutes ces fleurs du fils du jardinier. Ma sœur a reçu ces lettres des amies de Louise. Nous avons écrit aux amis de notre cousin. Ma mère a donné huit écus aux pauvres. Ma tante a envoyé vingt francs aux enfants de la jardinière.

66. The brother of the soldier is ill. The sister of the gardener is very short. I have given my flowers to the son of the gardener. That man has bought a horse for his son. We have received this present from the mother of this child. Have you written a letter to the brother of our neighbor? I think always of (to) your father's friend. This house belongs to thy friend's uncle. I love the children of my neighbor. Thy sisters have given a dollar to the poor. The children of the poor are often very contented. (The) good children are the happiness of the father and (of the) mother. We have given our money to the children of these poor persons *(pauvres)*.

67.

peu, *little*	peu de pain, *little bread*
peu, *few*	peu d'hommes, *few men*
beaucoup, *much*	beaucoup de vin, *much wine*
beaucoup, *many*	beaucoup de livres, *many books*
plus, *more*	plus de vin, *more wine*
plus, *more*	plus de pommes, *more apples*
assez, *enough*	assez de bière, *beer enough*
assez, *enough*	assez de cerises, *cherries enough*

---

le pain, *the bread*	l'eau (*f.*), *the water*
le beurre, *the butter*	la bière, *the beer*
la viande, *the meat*	le thé, *the tea*
le vin, *the wine*	mangé, *eaten*
donnez-moi, *give (to) me*	bu, *drunk*

Cet homme a beaucoup d'argent. Mon ami a plus d'argent que nous. Avez-vous beaucoup de vin? Donnez-moi un peu de bière. J'ai assez de pain. As-tu assez de viande? Nous avons peu de beurre. Nous avons beaucoup de pommes. Nous avons mangé peu de cerises. Mes sœurs ont acheté beaucoup de poires. Donnez cet argent à cette pauvre femme. Donnez un peu de thé à ce malade. Donnez un peu d'eau à ce pauvre malade. Cet homme a beaucoup de fleurs dans son jardin. Mon frère a plus de livres que le tien, mais ton frère a plus de plumes que le mien. Cet homme est un bon père; il a donné beaucoup d'argent aux pauvres. Ce pauvre homme a peu d'amis, mais il a beaucoup de chiens et de chats. Cette mère a beaucoup d'enfants. Henri a vu plus de villes que nous.

68. Give me a little bread. Have you eaten cherries enough? We have few pears in the house. My brothers have sold more apples than you. Have you much beer? Hast thou meat enough? Your father has more trees in his garden than we. The dog has drunk water enough. The cats have eaten much meat. The son and the daughter of my friend have more money than you. My sister has more pens than thine. Thy father has drunk little wine.

69. autant, *as much*   j'ai autant de pain que vous, *I have as much (of) bread as you*

autant, *as many*   j'ai autant de plumes que vous, *I have as many pens as you*

trop, *too much*   trop de papier, *too much paper*

trop, *too many*   trop d'arbres, *too many trees*

combien? *how much?*   combien de viande? *how much meat?*

combien? *how many?*   combien de poires? *how many pears?*

moins, *less*   moins de beurre, *less butter*

moins, *fewer*   moins de maisons, *fewer houses*

tant, *so much*   tant de thé, *so much tea*

tant, *so many*   tant de pommes, *so many apples*

---

le fromage, *the cheese*   le poivre, *the pepper*

le sel, *the salt*   la moutarde, *the mustard*

Mon père a autant de livres que vous. Vous avez moins de plumes que mon frère. Cet enfant a trop de vin. Donnez-moi un peu de fromage. Avez-vous assez de sel et de poivre? J'ai donné un peu de moutarde à Henri. Il a bu trop de bière. Combien d'enfants avez-vous? J'ai six enfants; quatre fils et deux filles. Notre voisin a moins d'enfants que vous: il a deux fils et une fille. Il y a beaucoup d'arbres dans ce jardin. Les hommes qui sont contents, sont riches. Peu d'hommes sont contents. Le pauvre a peu d'amis. As-tu autant d'argent que nous? J'ai moins d'argent que vous, mais j'ai plus de livres que vous. Donnez au fils de la jardinière le canif que vous avez reçu de ma sœur; il a perdu le sien. Nous avons tant d'amis!

70. How many dogs have you? I have two dogs. Have you as many trees as my friend? This man has drunk too much wine. My father has as many apples as you. Give me a little salt. I have less bread than you; but I have more cheese (than you). Our neighbor has fewer children than the soldier. Henry has written as many exercises as his brother. William has received more letters than you. Give a little wine to this poor woman. John has eaten too much mustard and pepper. Give (to) the daughter of the soldier the cat that you have received from your uncle. She has lost hers. My son has as many dogs as thine.

71.

le morceau, *the piece*	la tasse, *the cup*
le verre, *the glass*	une aune, *an ell*
la bouteille, *the bottle*	une paire, *a pair*
la livre, *the pound*	une douzaine, *a dozen*
le quintal, *the hundred-weight*	une corbeille, *a basket*
	demi, *half*
demi-douzaine, *half a dozen*	

le café, *the coffee*	le soulier, *the shoe*
la boîte, *the box*	la botte, *the boot*
la toile, *the linen*	la chemise, *the shirt*
le mouchoir, *the pocket-handkerchief*	la cravate, *the cravat*
	le crayon, *the pencil*
le gant, *the glove*	l'encre (*f.*), *the ink*
le bas, *the stocking*	le sucre, *the sugar*

Ma mère a envoyé à ma cousine trois paires de gants, six paires de bas, deux douzaines de chemises, et une corbeille de cerises. Dans cette boîte il y a dix aunes de toile, quatre mouchoirs et une demi-douzaine de cravates. J'ai reçu de mon père un chapeau et une montre, un canif, six plumes, trois crayons et deux francs. Mon frère a acheté deux paires de souliers et une paire de bottes. Nous avons envoyé à l'ami de notre oncle vingt livres de sucre, un demi-quintal de café et douze bouteilles de vin. Donnez-moi un morceau de viande, une bouteille de bière et un peu de moutarde. Ma tante a acheté une grande table et une demi-douzaine de chaises. J'ai bu un verre de vin, et j'ai mangé un morceau de fromage. Cette tasse de thé est pour mon cousin, et ce morceau de sucre est pour ma sœur. Nous avons donné au fils de notre voisine six plumes, deux crayons et un peu d'encre: il a écrit une lettre à son oncle qui est à Louisville.

72. Our gardener has many flowers. My father has more flowers than your gardener. This man has much money; he is very rich. You have less money than this man. We have as many children as you. How many books hast thou? I have few books, but I have many friends. Give me a glass of water. Hast thou given a bottle of beer to the children of our neighbor? My sister has received a pound of cherries and two pounds of tea. This pair of boots is for Louis, and this dozen (of) shirts is for Charles.

73.

Singular.	Plural.
le chapeau, *the hat, bonnet*	les chapeaux, *the hats, bonnets*
le cadeau, *the present*	les cadeaux, *the presents*
l'oiseau *(m.), the bird*	les oiseaux, *the birds*
le jeu, *the play, game*	les jeux, *the games*
le couteau, *the knife*	le moineau, *the sparrow*
le vaisseau, *the ship*	le château, *the castle, country-seat*
le troupeau, *the flock*	le feu, *the fire*

Ma sœur aime les oiseaux; elle a beaucoup d'oiseaux. Le feu et l'eau sont utiles à l'homme. Cet homme est très-riche; il a deux châteaux, beaucoup de jardins et de prairies. Vos chapeaux sont plus grands que les nôtres. Avez-vous vu les deux moineaux de mon frère? Mon cousin a vendu tous ses oiseaux. Cette petite fille aime les jeux. Ces troupeaux sont à notre voisin. Nous avons vu deux grands vaisseaux. J'ai acheté une douzaine de verres et une demi-douzaine de couteaux. Ces moineaux sont encore jeunes. Ces cadeaux sont pour Joséphine.

74. My brother likes ships; he has three ships. My father has bought two castles. Your presents are smaller than ours. We have found two sparrows in the garden. These birds belong to the pretty daughter of the soldier. The flocks of my uncle are larger than yours. The castles which he has sold *(vendus)* are very large. This pretty child loves (the) games. How many knives have you? The fires in the castles are small. My father has bought four ships.

75.

Singular.	Plural.
le cheval, *the horse*	les chevaux, *the horses*
l'animal, *the animal*	les animaux, *the animals*
le travail, *the work*	les travaux, *the works*
le mal, *the evil*	le général, *the general*
le métal, *the metal*	le lion, *the lion*

Les travaux de cet homme sont agréables. Les chevaux sont très-utiles; ils sont plus utiles que les chiens. Nous avons vendu nos chevaux. Notre voisin a plus de chevaux que de chiens. Ces animaux sont très-jolis. Le lion est le roi des animaux. Nous avons acheté deux quintaux de café. Nous avons vendu notre maison à l'amie de votre tante. C'est une très-jolie maison. Les hommes ont beaucoup de maux. Les fils de notre voisin ont acheté les oiseaux du jardinier. Nous avons vu les chevaux de vos amis et les travaux des soldats. Mon fils aime les chevaux. Je pense toujours aux frères et aux sœurs de mon ami. L'argent est un métal. Les métaux sont très-utiles aux hommes.

76. I have seen your father's castles. We have lost our hats. These knives are for my mother. Thy brother likes birds. Give me these sparrows. These flocks belong to our neighbor. Our friend has lost all his ships. My cousin has received two horses from the son of this general. Henry loves work; these works are very useful. This poor animal is ill. These little animals are very faithful.

77.

Singular.	Plural.
du, de la, de l'	des, *of the, some, any*

du papier, *of the paper, some paper, any paper*
de la viande, *of the meat, some meat, any meat*
de l'encre, *of the ink, some ink, any ink*
des pommes, *of the apples, some apples, any apples*
des enfants, *of the children, some children, any children*

chez, *at the house of*	chez mon père, *at my father's*
chez le boulanger, *at the baker's*	chez moi, *at my house*

le cordonnier, *the shoemaker*	fait, *made*
le libraire, *the bookseller*	le menuisier, *the joiner*
on, *one, people*	le marchand, *the tradesman*
il trouve, *he finds*	il vend, *he sells*
il fait, *he makes*	s'il vous plaît, *if you please*

le citron, *the lemon*

J'ai mangé du pain et de la viande. Nous avons acheté des pommes et des poires. Mon frère a bu du vin, et vous avez bu de la bière et de l'eau. Ce marchand vend du sucre, du café et des citrons. Le cordonnier fait des souliers et des bottes. Le menuisier fait des tables et des chaises. Chez le libraire on trouve des livres, des plumes, du papier, de l'encre, des canifs et des crayons. Cet homme vend des chevaux et des chiens. Dans cette boîte il y a des gants, des bas, des mouchoirs, des cravates et de la toile. Donnez-moi, s'il vous plaît, du sel et du poivre. Avez-vous de la moutarde? Nous avons acheté des tasses, des verres, des bouteilles et des couteaux. Mon oncle a donné de l'argent aux pauvres. Il y a des pauvres qui sont très-contents. Il y a des animaux qui sont plus grands que les chevaux.

78. The child has eaten some bread and some pears. Have you sent any beer to the gardener's father? My uncle has sold some ink to the cousin of the tradesman. There are some children in the house with my mother. At the gardener's we get (one finds) apples, pears, and cherries. Give me, if you please, some water for the child. This tradesman sells metal and glasses. This joiner sells tables. Give me, if you please, some pencils for my father. There are few men who are very happy. My uncle has given some bread to the sparrows. This man has sent some boots, shoes, and stockings for the poor at (de) Vienna.

79.
voici, *here is, here are*
voilà, *there is, there are*
voici mon frère, *here is my brother*
voilà mes sœurs, *there are my sisters*
voici du vin, *here is wine*
voilà du vinaigre, *there is vinegar*

---

le fruit, *the fruit*	le vinaigre, *the vinegar*
le lait, *the milk*	l'huile (*f.*), *the oil*
le chocolat, *the chocolate*	la farine, *the flour, meal*
la soupe, *the soup*	le jambon, *the ham*
les légumes (*m.*), *the vegetables*	la tranche, *the piece, the slice*

Voici du vin et de l'eau, du café et du chocolat, du sucre et du lait. Nous avons mangé de la soupe, de la viande, des légumes et du fruit. Donnez-moi, s'il vous plaît, du vinaigre et de l'huile. Voilà une bouteille de vinaigre, et voilà aussi du poivre et de la moutarde. J'aime le poivre et le sel. Dans cette corbeille il y a des fruits et des fleurs. Nous avons des jardins et des prairies. Mon frère a des livres et des amis. Notre cordonnier a des enfants très-sages. Mes sœurs ont m'angé du fromage, du jambon et du pain. Le jardinier a donné des cerises à Emilie. Ma mère a acheté de la farine et du lait chez notre voisin. J'ai acheté ce papier et cette encre chez le libraire. Il y a dans cette ville des marchands qui sont très-riches.

80. The shoemaker has made a pair of shoes for my sister, and two pairs of boots for Charles. Our gardener has bought some trees and flowers. This town has few houses. Our friend has ships and money. Your brother has many birds. Give a piece of ham and a glass of beer to William. I have received from the gardener a basket of flowers. Here are bread and fruit, oil and vinegar. Have you lost any money? We find at this tradesman's (one finds at the house of this tradesman) knives and penknives.

81.

grand, *great, large*	plus grand, *greater*	le plus grand, *the greatest*
riche, *rich*	plus riche, *richer*	le plus riche, *the richest*
appliqué, *diligent*	plus appliqué, *more diligent*	le plus appliqué, *the most diligent*
bon, *good*	meilleur, *better*	le meilleur, *the best*

l'Amérique *(f.), America*   l'Asie *(f.), Asia*
l'Europe *(f.), Europe*   l'Afrique *(f.) Africa*
     .   l'Australie *(f.), Australia*

c'est, *that is, it is*   ce sont, *these are, they are*

le négociant, *the merchant*   sensé, *sensible*
le fer *(the) iron*   la montagne, *the mountain*
fort, *strong*   la fille, *the girl*
aimable, *amiable*   le tigre, *the tiger*

Cet oiseau est petit; il est plus petit que le mien; c'est le plus petit de tous les oiseaux. Le lion est fort; il est plus fort que le tigre; c'est le plus fort de tous les animaux. Voilà une grande maison; elle est plus grande que la nôtre; c'est la plus grande de la ville. Cette jeune fille est très-aimable; elle est plus aimable que sa sœur. Ce menuisier est un honnête homme; il a un fils qui est un peu plus jeune que Henri. Charles est plus appliqué que son frère; il est le plus appliqué de tous mes enfants. Louise est plus sage que Marie; elle est la plus sage de toutes. François a autant d'amis que vous; mais les vôtres sont plus riches que les siens. Notre voisin est l'homme le plus aimable du monde. Le fer est le plus utile des métaux. L'Australie est la plus petite partie du monde, et l'Asie la plus grande. Le Mont Blanc est la plus haute montagne de l'Europe. Les chiens sont les plus fidèles de tous les animaux. Le négociant qui a acheté cette grande maison, est un des plus riches de la ville. Ces thèmes sont difficiles; ce sont des thèmes très-difficiles. Ce couteau est bon; le mien est meilleur, mais le couteau de mon frère est le meilleur.

82. Europe is smaller than America. Iron is more useful than silver. Henry is taller than Charles, but William is the tallest. Francis is the youngest of my brothers, and Louisa the youngest of my sisters. This man is very poor, but this shoemaker is the poorest in (of) the town. My chair is very l..gh; it is the highest of all our chairs. This hat is prettier than thine; it is the prettiest of my hats. Our children are .nore sensible than yours; they are the most sensible of all.

83.

Singular.	Plural.
celui (m.), celle (f.), that	ceux (m.), celles (f.), those
celui-ci (m.), celle-ci (f.), this (this one)	ceux-ci (m.), celles-ci (f.), these
celui-là (m.), celle-là (f.), that (that one)	ceux-là(m.), celles-là (f.), those

cet homme-ci, this man	ces hommes-ci, these men
cet homme-là, that man	ces hommes-là, those men

Mon chapeau est plus petit que celui de votre frère.	*My hat is smaller than your brother's (that of your brother).*
Ma pomme est plus petite que celle de votre sœur.	*My apple is smaller than your sister's (that of your sister).*
Vos chevaux sont plus grands que ceux de votre oncle.	*Your horses are larger than your uncle's (those of your uncle).*
Celui-ci est instruit.	*This one is learned.*
Celui-là est ignorant.	*That one is ignorant.*
Je pense à cet homme-ci et à celui-là.	*I think of this man and of that.*

je parle, *I speak*

Le chien du jardinier est plus fidèle que celui de notre voisin. Ma fille est plus appliquée que celle du libraire. Vos gants sont plus jolis que ceux de ma mère. Nous avons perdu nos livres et ceux de votre cousin. Voilà tes bottes et celles de ton frère. Où sont mes lettres et celles de ma cousine ? Je pense à mes amis et à ceux de mon cousin. Voici ma cravate et celle de ton ami. Ce sont mes bas et ceux de mon frère. Cet homme-ci est plus fort que celui-là. Cette table-ci est plus haute que celle-là. Je parle de ce jardin-ci et de celui-là, de cette maison-ci et de celle-là. Je pense à cet enfant-ci et à celui-là. Ces chapeaux-ci sont plus jolis que ceux-là. Ces enfants-là sont plus appliqués que ceux-ci. Ces pommes-là sont meilleures que celles-ci. Ce cheval-ci est plus petit que celui-là, mais celui-ci est plus fort. Celui-ci est riche, celui-là est pauvre.

84. I have lost my pencil and my brother's (that of my brother). We have found thy watch and thy friend's (that of thy friend). My shoes are smaller than my cousin's (those of my cousin); but thine are the smallest. My mother loves her children and our gardener's. I have received thy letters and thy sister's. This bird is prettier than that which you have seen in our garden. This book is more useful than that. This house is higher than that. That girl is more amiable than this. Those merchants are richer than these. My pen is better than thine, but thy cousin's is the best.

85.

Singular.	Plural.
leur *(m. & f.)*	leurs, *their*
le leur *(m.)*, la leur *(f.)*	les leurs, *theirs*

Ma sœur a perdu sa plume et son crayon. Ta cousine a trouvé ses bas et ses gants. Nos frères ont vendu leur cheval et leur chien. Nos sœurs ont vendu leur jardin et leur maison. Les fils de mon voisin ont perdu leurs livres et leurs plumes. Ma tante est dans son jardin. Mes amis sont dans leur jardin. La jardinière a reçu des lettres de son fils. Mes cousins ont reçu des cadeaux de leur père. Notre voisine a envoyé cinq écus à sa fille. Ces enfants ont fait un joli cadeau à leur oncle. Les soldats ont perdu leurs généraux. Il a vendu son chien et le leur. Les enfants de mon voisin ont vu ma sœur et la leur.

86. This woman has lost her children. My cousin has written a letter to her uncle who is at Nashville. Thy brothers have lost their friend. My sisters have also lost their friend *(f.)*. Our neighbor has (is) set out with her mother. Thy cousins have (are) arrived *(arrivés)* with their father. These children have lost their hats. The children have their work *(pl.)*. Charles and William have sold their dog. My brothers have sold theirs.

87.

le premier, la première, *the first*	le dix-huitième, *the eighteenth*
le second, la seconde, *the second*	le dix-neuvième, *the nineteenth*
le, la troisième, *the third*	le vingtième, *the twentieth*
le quatrième, *the fourth*	le vingt-et-unième, *the twenty-first*
le cinquième, *the fifth*	
le sixième, *the sixth*	le trentième, *the thirtieth*
le septième, *the seventh*	le quarantième, *the fortieth*
le huitième, *the eighth*	le cinquantième, *the fiftieth*
le neuvième, *the ninth*	le soixantième, *the sixtieth*
le dixième, *the tenth*	le soixante-dixième, *the seventieth*
le onzième, *the eleventh*	
le douzième, *the twelfth*	le quatre-vingtième, *the eightieth*
le treizième, *the thirteenth*	
le quatorzième, *the fourteenth*	le quatre-vingt-dixième, *the ninetieth*
le quinzième, *the fifteenth*	
le seizième, *the sixteenth*	le centième, *the hundredth*
le dix-septième, *the seventeenth*	le millième, *the thousandth*
le dernier, la dernière, *the last*	

méchant	méchante	*naughty*
modeste	modeste	*modest*

Chrétien, *Christian*   Mathilde, *Matilda*
Godefroi, *Godfrey*   Marie, *Mary*

√ dimanche *(m.)*, *Sunday*   ∪ mercredi *(m.)*, *Wednesday*
lundi *(m.)*, *Monday*   jeudi *(m.)*, *Thursday*
mardi *(m.)*, *Tuesday*   vendredi *(m.)*, *Friday*
            samedi *(m.)*, *Saturday*

Ce jeune homme est très-appliqué; il est le premier de la classe; Charles est le second; le modeste Henri est le troisième; Jean est le quatrième; le bon Guillaume est le cinquième; Chrétien est le sixième ; le petit Godefroi est le septième; Paul est le huitième; François est le neuvième; Ernest est le dixième; le méchant Joseph est le onzième; Ferdinand est le douzième; Adolphe est le treizième; Albert est le quatorzième; Louis est le dernier. Deux est la cinquième partie de dix. Cinq est la quatrième partie de vingt. Un jour est la septième partie d'une semaine.

88. Louisa is the first in (of) the class; Mary is the second; (the) good Josephine is the third; (the) modest Emily is the ninth; Matilda is the fifteenth; (the) naughty Caroline is the last. A week is the fourth part of a month, and a month is the twelfth part of a year. Seven days make a week. Sunday is the first, Monday is the second, Tuesday is the third, Wednesday is the fourth, Thursday is the fifth, Friday is the sixth, and Saturday the seventh.

89. qui? *who?*   à qui? *to whom? (whose?)*
de qui? *of whom? from*   pour qui? *for whom?*
whom?

A qui est ce dé? Il est à ma   *Whose thimble is this? It (is)*
grand'mère. C'est celui de   *belongs to my grandmother.*
ma grand'mère.   *It is my grandmother's.*
Chez qui avez-vous acheté cette *Where (at whose house) did*
ardoise? Chez le libraire.   *you buy that slate? At the*
                              bookseller's.

le médicin *the physician*   la servante, *the maid-servant*
le domestique ⎰ *the servant*   ici, *here*
la domestique ⎱ *(m. & f.)*   là, *there*
moi, *I, me*

Qui est là? C'est le médecin; c'est la servante; c'est moi.
Qui est cet homme-là? C'est le domestique; c'est le fils du
jardinier. Qui sont ces enfants-là? Ce sont les enfants du
médecin; ce sont les filles de la servante. De qui avez-vous
reçu ces cadeaux? Du fils de notre voisine. A qui est ce
chapeau? Il est à mon frère. A qui est cette montre? Elle
est à ma sœur. A qui sont ces gants? Ils sont à ma cousine.
A qui sont ces bottes? Elles sont à mon cousin. Voici ton
livre; celui-là est le mien. Voilà ta cravate; celle-ci est la
mienne. Voilà tes chemises; celles-ci sont les miennes. A qui
avez-vous donné la corbeille? A la servante. A qui avez-vous
écrit? A l'oncle de mon ami. Où est votre frère? Il est ici
dans sa chambre. Chez qui avez-vous acheté ces crayons?
Chez le libraire. Pour qui sont ces oiseaux? Pour mon frère.
Qui a acheté cette jolie maison? Notre voisin a acheté ces
deux maisons. Qui a écrit cette lettre? Marie a écrit cette
lettre. Pour qui sont ces fleurs? Les fleurs sont pour moi.
Etes-vous content, François? Je suis content aujourd'hui.

90. Who is there? It is the shoemaker; it is Henry. Who
is that woman? It is the wife of the joiner; it is the maid-
servant of the physician. Who are those girls? They are the
daughters of the merchant. They are Louisa and Matilda.
To whom have you lent your penknife? I have lent mine to
Charles, and my sister has lent hers to the son of the servant *(m.)*.
To whom does this cat belong (to whom belongs this cat)? It
is our neighbor's (it is that of our neighbor). To whom does
this flower belong (belongs this flower)? It is our sister's (that
of our sister). To whom do these stockings belong (belong
these stockings)? They are our maid-servant's (those of our
maid-servant). To whom do these letters belong? They are
our aunt's. For whom are these books? For my two children: for William and Josephine.

91.

Singular.	Plural.
monsieur, *Mr.*	messieurs, *Messrs.*
madame, *Mrs.*	mesdames, *Mesdames*
mademoiselle, *Miss*	mesdemoiselles, *Misses*

ce monsieur, *this gentleman*	ces messieurs, *these gentlemen*
cette dame, *this lady*	ces dames, *these ladies*
cette demoiselle, *this young lady*	ces demoiselles, *these young ladies*

bien, *well*	le bien, *the benefit, good*
dites, *say, tell*	les bontés *(f.), the kindness, good-will*

Monsieur Tournon est un honnête homme; il a une très-bonne femme, et ses enfants sont très-sages. Madame Noir est une femme très-modeste; elle aime ses enfants et elle fait du bien aux pauvres. Mademoiselle Renard est très-aimable, elle a beaucoup de bontés pour moi ; elle fait souvent des cadeaux à mes enfants. J'ai vu messieurs Noel; ils sont arrivés cette semaine; mais ils sont très-tristes, ils ont perdu leur mère. Avez-vous aussi vu les demoiselles Belmont qui sont arrivées avec leur père? J'ai trouvé le père chez monsieur Nollet, mais les demoiselles sont malades. Qui est ce monsieur-là? C'est un médecin; c'est celui que vous avez vu chez moi. Mais, dites-moi, qui est cette dame-là? C'est la cousine de monsieur Blanc; c'est la sœur de madame Marmont. A qui sont ces chevaux? Ils sont à messieurs Lamartine. A qui avez-vous écrit? J'ai écrit à monsieur Sauvage qui est à Vienne, et à madame Latour, qui est à Bruxelles.

92. Have you seen Mr. Douro? He is very tall and (very) strong. Where is Louis's sister? She went *(est partie)* this week to Philadelphia. Have you seen the sisters of Mr. Douro? They are still very young, but they are very amiable. To whom does this dog belong? It belongs to my brother; it is that which he has received from Mr. Belmont. To whom does this meadow belong? It belongs to Mr. Briggs, who is at Albany. Who are these gentlemen? They are the brothers of the physician. Who are those ladies? This is Mrs. Stanton, and that is the daughter of Mr. Verrier.

93.

Indicative Mood, Present Tense.

je suis, *I am*	nous sommes, *we are*
tu es, *thou art*	vous êtes, *you are*
il est, *he is*	ils sont, ⎱ *they are*
elle est, *she is*	elles sont, ⎰

j'ai raison, *I am (have) right*	nous avons raison, *we are right*
tu as raison, *thou art right*	vous avez raison, *you are right*
il a raison, *he is right*	ils ont raison, *they are right*

In the same manner say, **j'ai tort,** *I am (have) wrong.*

le matin, *the morning*	la famille, *the family*
la visite, *the visit*	parce que, *because*
venu, *come*	déjà, *already*

il a fait une visite, ⎱ *he has paid a visit*	
il a rendu une visite, ⎰	

Où est ton frère? Est-il ici? Il est malade, il est dans sa chambre. Je suis arrivé ce matin. Avec qui es-tu venu? Je suis venu avec madame Gérard qui est malade aussi. As-tu déjà fait une visite à monsieur Lebœuf? J'ai déjà fait une visite à toute la famille. J'ai beaucoup de livres et d'amis, je suis très-content. Celui qui est content, est riche. Nous sommes riches, parce que nous sommes toujours contents. Vous avez raison, et ma sœur a tort. Vous êtes encore jeunes; mais vous êtes plus sages qu'elle. Ces demoiselles-là sont très-aimables; elles ont un oncle qui est très-riche; il a acheté ce grand château-là, tous ces jardins et toutes ces prairies.

94. Art thou my friend? I (it, *le*) am. I am poor and thou art rich. My brother has (is) arrived this morning from Brussels. He is come with Mr. Murray, who is his friend. Thy sister has (is) gone *(partie)*. With whom is she gone? With her cousin, with Miss Harris. Hast thou seen Mrs. Brown? She is *(c'est)* the best woman in the (of the) world; she has much good-will for my father. She has given (to) my brother a dozen pocket-handkerchiefs, and (to) my sister six pairs of gloves. We are poor, but we are contented. You have little money, but you are always diligent.

95. Indicative Mood, Imperfect Tense.

j'étais, *I was*	nous étions, *we were*
tu étais, *thou wast*	vous étiez, *you were*
il était, *he was*	ils étaient, ⎫
elle était, *she was*	elles étaient, ⎭ *they were*

heureux *(m.)*, heureuse *(f.)*, *fortunate, happy*
malheureux *(m.)*, malheureuse *(f.)*, *unfortunate, unhappy*
vertueux *(m.)*, vertueuse *(f.)*, *virtuous*
paresseux *(m.)*, paresseuse *(f.)*, *idle*

tout à l'heure, *presently, just now* à présent, *now*
. autrefois, *formerly* ordinairement, *usually*

Cette famille était autrefois très-heureuse. Le père était un très-honnête homme; la mère était une femme modeste et vertueuse. Leurs enfants étaient sages et appliqués. Mon voisin était autrefois riche; mais ses enfants étaient très-méchants et très-paresseux. Ceux qui sont paresseux, sont ordinairement pauvres; mais ceux qui sont appliqués, sont riches et contents. Tu étais toujours heureux, parce que tu étais sage et vertueux. L'homme vertueux est toujours heureux; mais celui qui est méchant, est malheureux. Cette mère-là est heureuse, parce qu'elle aime ses enfants qui sont vertueux et appliqués; mais ces femmes-là sont toujours tristes et malheureuses, parce qu'elles sont méchantes et paresseuses. Nous étions autrefois riches, et vous étiez pauvres; mais à présent nous sommes pauvres, et vous êtes riches. Nous étions toujours amis. Tu étais l'ami de mon frère, et moi, j'étais l'ami de ton cousin. Mes frères étaient toujours dans votre jardin, et moi, j'étais toujours dans celui de notre voisin.

96. Where were you this morning? I was at the house of my uncle who has (is) arrived from Boston. My brother and I (we) were at the house of thy father. Your aunt had (was) already gone. Where were you just now? We were just now at the house of Mr. M., who has a very amiable daughter. These young ladies were always modest and virtuous. Mr. Duran was formerly very rich, but now he is poor. We were formerly unhappy, but now we are happy, happier than you.

Thou wast in our garden, and my brother was in thine. Where was thy sister? She was at the house of her aunt. Thy aunt is very unhappy; she has lost all her children.

97. **Indicative Mood, Imperfect Tense.**

j'avais, *I had*	nous avions, *we had*
tu avais, *thou hadst*	vous aviez, *you had*
il avait, *he had*	ils avaient, } *they had*
on avait, *one or people had*	elles avaient, } *they had*

ils sont venus, *they (m.) have (are) come*
elles sont venues, *they (f.) have (are) come*

les parents, *the relatives*
mon père et ma mère, } *my parents*
mes parents, } *my parents*

le commerce, *trade, business*   l'un, *the one*
le banquier, *the banker*   l'autre, *the other*
le nombre, *the number*   lorsque, *when, at the time when*
connu, *known*   car, *for, as*
le meilleur homme de la ville, *the best man in (of) the town*

Lorsque j'avais encore mes parents, j'étais très-heureux. Mon père était riche; il avait beaucoup de maisons, de jardins et de prairies. Ma mère était d'une bonne famille; nous avions un grand commerce. Deux de mes oncles étaient banquiers. J'ai bien connu vos parents. Vous aviez un grand nombre de domestiques et de servantes. Vos frères avaient des chevaux et des chiens; ils étaient toujours contents. Tu étais encore jeune, lorsque ton père avait tant de malheurs. Tes sœurs étaient amies des miennes; elles avaient aussi beaucoup de bontés pour moi. Avez-vous aussi connu mes oncles? J'ai très-bien connu vos deux oncles; l'un était un homme grand et fort, l'autre était très-petit. Celui-ci était le meilleur homme du monde; il avait un fils que j'ai souvent vu chez monsieur Montgomery; c'était un jeune homme très-aimable.

98. We (have) had this week a visit from (the visit of the) Messrs. Smith, who have (are) come *(venus)* with their sister. You had many friends when you were still young. We had more books than you. Our uncle had formerly a great number of birds and dogs. Thou wast always very contented, for thou hadst thy friends. These two merchants were formerly very happy: they had a large business. I had two brothers; the one was at Vienna, the other at Berlin. Didst thou know (hast thou known) my two brothers? I knew (have known) the one *(celui)* who was at Berlin; the other was younger than I. But tell me, where is your brother now, who had always so many flowers? He is gone to America.

99.

eu, *had*	mis, *put, laid*
été, *been*	pris, *taken*
lu, *read*	cherché, *sought*

j'ai pris, *I have taken, I took*
tu as pris, *thou hast taken, thou tookest*
il a pris, *he has taken, he took*
nous avons pris, *we have taken, we took*
vous avez pris, *you have taken, you took*
ils ont pris, *they have taken, they took*

la page, *the page*	ensemble, *together*
le plaisir, *the pleasure*	hier, *yesterday*
l'affaire (f.), *the business, work*	aujourd'hui, *to-day*
la malle, le coffre, *the box, trunk*	tout, *everything, all*

Avez-vous pris mon crayon? J'ai pris votre plume. Nous avons eu beaucoup de plaisir. Tu as eu aujourd'hui peu d'affaires. Mon frère a eu tort. Mes sœurs ont eu raison. J'ai trouvé hier ton frère; nous avons été ensemble chez ton oncle qui était malade. Où as-tu mis ma chemise? J'ai mis ta chemise sur une chaise. Qui a pris ma cravate? Aujourd'hui tu as tout perdu. J'ai cherché aussi mes bottes et mes souliers. On a tout pris. Donnez-moi, s'il vous plaît, mes gants et mon mouchoir. Voici vos bas et votre montre. Avez-vous lu ce livre? C'est un livre très-utile. J'ai lu ce livre avec beaucoup de plaisir. J'ai lu aussi le livre que Henri a prêté à ma sœur. Avez-vous des affaires aujourd'hui? Nous avons ordinairement beaucoup d'affaires. J'ai envoyé ce matin mon frère chez le banquier. J'ai vu votre frère; il est parti pour la campagne avec mon cousin. Oh, le petit méchant!

100. Where hast thou put my pocket-handkerchief? I have put thy pocket-handkerchief and thy stockings in the box. Thy brothers have put their gloves on the table. Have you taken my pen? Here is a pen, it is my brother's (that of my brother); but where is mine? This belongs to my cousin; there is also yours. Where have you been this morning? We have been at *(chez)* the shoemaker's. Yesterday we were together at *(chez)* the tradesman's, who sells linen and pocket-handkerchiefs. Who has had my penknife? I have had your penknife. Have you read the book which I (have) lent to Louisa's sister? We have read three pages of that book. It has given *(causé)* much pleasure to (the) little Matilda.

101. j'ai été, *I have been*   nous avons été, *we have been*
tu as été, *thou hast been*   vous avez été, *you have been*
il a été, *he has been*   ils ont été, ⎫ *they have been*
elle a été, *she has been*   elles ont été, ⎭
on a été, *one has been, people have been*

Qui a été là? Monsieur Roland a été ici; il a mis ce livre-ci sur la table. As-tu été chez le cordonnier? J'ai été hier chez le cordonnier: il a déjà fait vos bottes. Ces enfants ont été malades toute la semaine; ils ont mangé trop de pommes dans le jardin du voisin. Vous avez été malheureux dans vos affaires, mais nos frères ont été très-heureux. Cette femme a toujours été vertueuse, mais ses enfants ont toujours été paresseux. Mon voisin a été l'homme le plus riche de la ville. Où avez-vous été ce matin? Nous avons été chez Charles qui est toujours triste, parce que sa mère est partie. Mes sœurs ont été très-contentes; elles ont eu beaucoup de plaisir. Madame Roland est très-aimable; elle a été aujourd'hui chez mon oncle.

102. We went (have been) yesterday to the garden of our neighbor, where we (have) had much pleasure. We have eaten some apples and pears. You are very fortunate: have you also seen his trees and flowers? We have seen everything. We have been very contented, but my sisters have been very naughty; they have taken some fruit which the gardener had put into a little basket for Josephine. When the neighbor came (is come), he said (has said) to my sisters: you are naughty; you have taken the fruit which was for your cousin *(f.)*. My sisters have wept, and (they) have been very sad. Your neighbor is an honest man; he has always been the friend of those who are virtuous.

103.   Indicative Mood, Present Tense, Negatively.

ne—pas, *not, no*

je ne suis pas, *I am not*	je n'ai pas, *I have not*
tu n'es pas, *thou art not*	tu n'as pas, *thou hast not*
il n'est pas, *he is not*	il n'a pas, *he has not*
nous ne sommes pas, *we are not*	nous n'avons pas, *we have not*
vous n'êtes pas, *you are not*	vous n'avez pas, *you have not*
ils ne sont pas, *they are not*	ils n'ont pas, *they have not*

Il n'a pas d'argent. *He has no money.*
Ils n'ont pas de livres. *They have no books.*

Je ne suis pas malade. Tu n'es pas content, tu n'as pas assez de bontés pour tes amis. Mon frère n'est pas heureux, il n'a pas d'amis. Ma sœur n'est pas appliquée, elle n'aime pas le travail. On n'est pas vertueux, lorsqu'on n'aime pas ses parents. Nous ne sommes pas tristes, nous n'avons pas perdu nos livres. Vous n'êtes pas appliqués, vous n'avez pas fait *(done)* vos thèmes. Vos frères ne sont pas paresseux, ils n'ont pas pleuré. Vos sœurs ne sont pas méchantes, elles n'ont pas pris mes plumes. Les hommes qui sont méchants, ne sont pas heureux. Ceux qui n'ont pas fait leur thème, sont paresseux. Je ne suis pas venu avec votre frère; je n'ai pas lu le livre que vous avez lu. Beaucoup de livres ne sont pas utiles.

104. I am not rich, but I am contented. I have not drunk of this wine. Thou art not the first in (of) the class, and (thou) hast not done *(made)* the best exercise. This town is not pleasant. This dog is not faithful. Our neighbor has not bought this house. We are not poor, we have not sold our gardens. You are not unhappy, you have not lost your relatives. These exercises are not difficult. These houses are not high. My friends have not found their father; they are not gone to Mr. Mably's. Your sisters have not done their exercises, they are not diligent.

105.

Masculine.	Feminine.
cruel	cruelle, *cruel, fierce*
mortel	mortelle, *mortal*
immortel	immortelle, *immortal*
las	lasse, *tired*
bas	basse, *low*
gros	grosse, *large*
vif	vive, *lively*
actif	active, *active*
neuf	neuve, *new*

ne—pas, *not, no*	ne—plus, *not more, no more, no longer*
ne—point, *not at all, no*	ne—jamais, *not ever, never*

il n'aime pas, *he does not like*
il n'aime point, *he does not like at all*
ce n'est pas, *this (it) is not*
ce ne sont pas, *these (they) are not*
il n'y a pas, *there is, (there are) not*

le corps, *the body*	la chèvre, *the goat*
l'âme *(f.)*, *the soul*	la brebis, *the sheep*
l'hyène *(f.)*, *the hyena*	si, *so, if;* aussi, *also, as*

La brebis est un animal utile. La brebis n'est pas si vive que la chèvre. Les chèvres sont des animaux très-vifs. Le corps est mortel, mais l'âme est immortelle. L'hyène est cruelle; le tigre n'est pas si cruel que l'hyène. Ma cousine n'est pas active; elle fait peu de plaisir à ses parents. Cette pauvre femme est lasse. Ces animaux sont très-gros. Vous avez là une grosse pomme. La maison du jardinier est très-basse. Toutes les maisons de cette ville sont basses. Mon chapeau est neuf. Cette corbeille n'est pas neuve. Je n'ai point de domestique: Jean est parti, et Henri n'est pas encore arrivé. Guillaume n'est plus chez moi. Mon père n'a pas de domestiques. Ce n'est pas bien fait. Ce ne sont pas vos gants, ce sont les miens. Ce n'est pas votre chapeau, c'est celui de mon frère. Il n'y a pas de fruit dans ce jardin. Mon oncle n'est pas si riche que mon voisin: il n'a pas tant de chevaux.

106. All men are mortal. These animals are very fierce. Are you tired, (my) children? I am not yet tired, but my sister is very tired. My shoes are new, but my boots are not new. This child is very lively, but his sister is not so lively. Our servant is an idle man, but our maid-servant is very active. Our servants *(f.)* are not so active as yours. This letter is not well written: it is not so well written as thy sister's (that of thy sister). Thy cousin is very naughty; he has no friends. This is not my cousin, it is the friend of my cousin. Where are my stockings? They are not thine, they are my brother's (those of my brother). We have been at *(chez)* the gardener's; we have never had more pleasure. My father is richer than our neighbor; but he is not so rich as the banker.

107.

Masculine.	Feminine.
beau, bel	belle, *beautiful, fine*
nouveau, nouvel	nouvelle, *new*
vieux, vieil	vieille, *old*
doux	douce, *sweet, gentle*
faux	fausse, *false, treacherous, insincere*
frais	fraîche, *fresh, new*
sec	sèche, *dry*
blanc	blanche, *white*
long	longue, *long*

bel, nouvel, vieil are used instead of **beau, nouveau, vieux,** before a vowel or silent **h.**

la fourchette, *the fork* l'habit *(m.), the coat, dress, garment*
la main, *the hand* un cheveu, *a single hair*
l'encrier *(m.), the inkstand* les cheveux *(m.), the hair*

Voilà un bon couteau et une bonne fourchette. Mes couteaux sont aussi bons que les vôtres, mais vos fourchettes sont meilleures que les miennes. Mon mouchoir est blanc; cette toile n'est pas si blanche. Mon gant est sec, mais votre cravate n'est pas encore sèche. Ce jardin est long. Ma sœur a les cheveux très-longs. Vos mains ne sont pas si longues que les miennes. Donnez-moi, s'il vous plaît, du pain frais. Avez-vouz de l'eau fraîche? Voilà un beau château. Ces châteaux sont très-beaux. Vous avez là une belle fleur. Cet homme est déjà vieux. Sa femme est vieille aussi. Ce vin n'est pas doux. Ces poires sont plus douces que ces pommes. J'ai reçu un nouveau livre et une nouvelle plume. Le chat est faux, mais la brebis n'est pas fausse. Voici un bel homme. J'ai un nouvel encrier. Cet homme a un vieux chapeau et un vieil habit.

108. My mother has bought a dozen knives and forks. The ham which you have received, is not fresh, but this mustard is fresh. Mr. Mably is very handsome; his sister is still more handsome; she has the most beautiful hair in (of) the world. These lemons are dry, but these pears are still drier. Henry has given (to) my brother an apple which is very sweet. Our old servant (f.) is ill. Francis has received a new penknife and a new watch. My letter is not so long as thine. These girls are very gentle. Thy sisters are not so insincere as thy cousins(f.).

109.   Singular.   Plural.

quel *(m.)*, quelle *(f.)*   quels *(m.)*, quelles *(f.)*, *which, what*

le temps, *the time, weather*   depuis, *since, ago*
l'heure *(f.)*, *the hour, time (of day)*   midi, *mid-day, noon*
l'âge *(m.)*, *the age*   minuit, *midnight*
le quart, *the quarter*   quinze jours, *a fortnight*
tard, *late*   moins, *less*

demi *(m.)*, demie *(f.)*, *half*
midi et demi, *half past twelve (mid-day)*
une heure et demie, *half past one*   .
quelle heure est-il? *what o'clock is it? what time is it?*
huit heures et quart, *a quarter past eight*
onze heures moins vingt (minutes), *twenty minutes to eleven*
cinq heures et dix (minutes), *ten minutes after five*
il y a six mois, *six months ago*
il y a un an, *a year ago*
quel âge avez vous? *how old are you (what age have you)?*
j'ai seize ans, *I am sixteen years old (1 have sixteen years).*

Quel livre as-tu perdu? Quelle plume as-tu là? De quel jardinier as-tu reçu ces pommes? A quelle pauvre femme as-tu

donné ton pain? A celle-ci. Chez quel marchand avez-vous
acheté cette belle toile? Chez notre voisin. Dans quels livres
avez-vous lu? Dans ceux-ci. Quelle heure est-il? Il est six
heures; il n'est pas encore tard. A quelle heure êtes-vous
arrivés? Nous sommes arrivés à neuf heures et quart; à
onze heures moins un quart. Ma sœur est arrivée à midi; à
midi et demi. Votre oncle est parti depuis trois mois, et votre
tante depuis six mois. Quel âge a votre cousin? Il a seize
ans, mais ma cousine n'a pas encore douze ans. Combien de
temps avez-vous été a Philadelphie? J'ai été neuf mois à Philadelphie, et quinze mois à Baltimore. Je suis arrivé il n'y a pas
encore quinze jours. J'ai vu votre frère à Westpoint il y a
trois semaines; il est grand et gros.

110. What knife hast thou found? What flowers hast thou
there? On what table hast thou laid my penknife? What shoemaker has made thy shoes? At *(chez)* what bookseller's hast
thou bought these pencils? In what towns hast thou been?
To what merchants have you written? What time is it? It is
one o'clock (one hour); it is not yet half-past one (one hour
and a half). Tell me, if you please, what o'clock it is. It is a
quarter to eleven. At what hour did you arrive (are you arrived)? At midnight. Where is your cousin? He has been
(is) at St. Louis for (since) three months. How long were you
(have you been) at Rochester? We were a fortnight at Rochester. How old are you? I am twenty years old, and my
brother sixteen (years). Your father is very old.

111.   Indicative Mood, Imperfect Tense, Negatively.

je n'étais pas, *I was not*	je n'avais pas, *I had not*
tu n'étais pas, *thou wast not*	tu n'avais pas, *thou hadst not*
il n'était pas, *he was not*	il n'avait pas, *he had not*
nous n'étions pas, *we were not*	nous n'avions pas, *we had not*
vous n'étiez pas, *you were not*	vous n'aviez pas, *you had not*
ils n'étaient pas, *they were not*	ils n'avaient pas, *they had not*

allé, *gone*	revenu, *returned,*
sorti, *gone out*	arrivé, *arrived*
parti, *gone away, set out, de-*	resté, *remained, stayed, stayed*
parted, started	*behind*

il est sorti, *he is gone out*
elle est sortie, *she is gone out*
ils sont sortis, *they are gone out (m.)*
elles sont sorties, *they are gone out (f.)*
dormi, *slept*

Vous étiez sorti ce matin, lorsque je suis arrivé. Vous n'êtes pas venu à huit heures; il était plus tard. Mon frère n'était pas sorti, il n'avait pas encore fait ses thèmes. J'étais malade hier; je n'avais pas assez dormi. Mes sœurs n'étaient pas allées avec moi; elles n'avaient pas encore écrit leurs lettres. Lorsque j'étais à Chicago, je n'avais pas tant d'amis qu'aujourd'hui; je n'étais pas si content. Vous n'étiez pas si actif, vous n'aviez pas tant d'affaires. Mon cousin et moi, nous étions autrefois plus heureux qu'à présent. Quelle heure était-il lorsque votre père est parti? Il n'était pas encore onze heures. Mes cousines n'étaient pas encore sorties. J'ai envoyé la servante chez le cordonnier; je n'avais plus de souliers. Quel âge avait votre frère, lorsqu'il était à Philadelphie? Il avait dix ans; dix ans et demi.

112. Have you slept well? I have not slept well. You were not here yesterday. We were gone out. We had no more business. These gentlemen were not so rich formerly, and these ladies had not so many friends *(f.).* Thou wast not so contented formerly; thou hadst not so much pleasure as at present. At noon my brothers had (were) not yet arrived; my parents had not yet received any *(de)* letters. Have you been ill? We have not been ill; we did (are) not come, because we had not time. At what hour did they arrive (are they arrived)?

113. je n'ai pas été, *I have not been, I was not*
tu n'as pas été, *thou hast not been*
il n'a pas été, *he has not been*
nous n'avons pas été, *we have not been*
vous n'avez pas été, *you have not been*
ils n'ont pas été, *they have not been*

In the same manner conjugate:
je n'avais pas été. *I had not been.*

personne—-ne, *no one*	rien—ne, *nothing*
Personne n'a trouvé la bourse,	*No one has found the purse.*
Je n'ai trouvé personne,	*I have found no one.*
Rien n'est plus agréable,	*Nothing is more agreeable.*
Je n'ai rien perdu,	*I have lost nothing.*

depuis quand? *since when, how long?*

Depuis quand est-il ici?	*How long has he been here (since when is he here)?*
Depuis quand sont-ils ici?	*How long have they been here (since when are they here)?*
Il y a longtemps que je suis ici. } Je suis ici depuis longtemps. }	*I have been here a long time.*

que, *that*   le succès, *the success*

J'ai été ce matin chez mon oncle, où j'ai trouvé monsieur Rougemont que je n'avais pas vu depuis trois ans. Vous n'avez pas été hier dans le jardin de votre tante. Il y a longtemps que je suis chez cette bonne femme. Mes enfants n'ont pas été malades. Nous n'avons jamais été dans cette ville. Mon frère n'a jamais été plus content qu'aujourd'hui. Mon fils, tu n'as pas été appliqué, tu n'as pas fait tes thèmes. Mes enfants, vous n'avez pas été sages, vous avez mangé tout mon fruit. Nous n'avons rien mangé, nous n'avons pas été dans votre chambre. Personne n'a été ici; personne n'a pris vos pommes. Rien n'est plus beau; vous n'avez rien pris, vous n'avez vu personne, et mes pommes ne sont plus dans ma boîte. Depuis quand êtes-vous ici? Il n'y a pas longtemps que nous sommes ici.

114. Nobody is more unhappy than this young man. He is never contented, he has no friends, he loves no one. Hast thou seen my uncle? He has not yet been at my father's. We have not been long in (at) Washington. You have not been fortunate in your busihess, you have not had much success. Your brothers have not been so unfortunate, they have sold much. Thou hast not been diligent, thou hast done nothing. I have done nothing because I am ill. How long hast thou been ill? (Since when art thou ill?) Since yesterday. Thy sisters have not been idle, they have done everything. This poor child has eaten nothing. My brothers have written nothing.

115. Indicative Present, Interrogatively and Negatively.

ne suis-je pas? *am I not?*	n'ai-je pas? *have I not?*
n'es-tu pas? *art thou not?*	n'as-tu pas? *hast thou not?*
n'est-il pas? *is he not?*	n'a-t-il pas? *has he not?*
ne sommes-nous pas? *are we not?*	n'avons-nous pas? *have we not?*
n'êtes-vous pas? *are you not?*	n'avez-vous pas? *have you not?*
ne sont-ils pas? *are they not?*	n'ont-ils pas? *have they not?*

In the same manner conjugate:

n'étais-je pas? *was I not?*	n'avais-je pas? *had I not?*
n'ai-je pas été? *have I not been?*	n'ai-je pas eu? *have I not had?*
n'avais-je pas été? *had I not been?*	n'avais-je pas eu? *had I not had?*

Y a-t-il longtemps que vous êtes ici? — *Have you been here long?*

N'y a-t-il pas longtemps que vos sœurs sont ici? — *Have not your sisters been here long?*

Ne suis-je pas très-heureux? N'ai-je pas beaucoup de plaisir? N'es-tu pas content? N'as-tu pas assez? N'est-il pas encore venu? N'a-t-il pas écrit? N'est-elle pas aimable? N'a-t-elle pas beaucoup de bontés pour moi? Ne sommes-nous pas appliqués? N'avons-nous pas fait beaucoup de thèmes? N'êtes-vous pas les amis de mon cousin? N'avez-vous pas connu mon oncle? Voilà mes frères; ne sont-ils pas très-las? N'ont-ils pas trouvé leurs amis? Voilà aussi mes sœurs; ne sont-elles pas tristes? N'ont-elles pas perdu leurs livres? N'étais-je pas autrefois l'homme le plus heureux du monde? N'avait-il pas toujours les plus beaux chiens? N'étions-nous pas plus riches que nos voisins? N'avez-vous jamais été à San Francisco? N'aviez-vous pas encore vu cette ville? N'ai-je pas été souvent dans cette maison? Depuis quand n'as tu pas été chez mon oncle? N'a-t-il jamais été dans notre jardin? N'avez-vous pas été méchants? N'ont-ils pas été les premiers? N'ont-elles pas été les dernières? N'avions-nous pas toujours été les plus actifs? Y a-t-il longtemps que ces dames sont ici?

116. Have (am) I not come? Hast thou no bread? It is not yet time. Has he said nothing? Have we no more pears? Are you the servants *(m.)* of my uncle? There are my children;

have they not cried? Wast thou not here yesterday? Had he
not watered his flowers? Were we never together? Had you
never seen these birds? There are your sisters; have they not
been a long time in New York? Hast thou not been to-day at
the physician's? Has he not had my penknife this morning?
Have we not always been at your uncle's? Have you not yet
eaten cherries? Have you never been in this house? Had you
not lost your parents, when you were at London? Have you
not yet been to (at) Brooklyn?

117.   Indicative Mood, Future Tense.

je se**rai**, *I shall* or *will be*
tu se**ras**, *thou shalt* or *wilt be*
il se**ra**, *he shall* or *will be*
nous se**rons**, *we shall* or *will be*
vous se**rez**, *you shall* or *will be*
ils se**ront**, *they shall* or *will be*

j'au**rai**, *I shall* or *will have*
tu au**ras**, *thou shalt* or *wilt have*
il au**ra**, *he shall* or *will have*
nous au**rons**, *we shall* or *will have*
vous au**rez**, *you shall* or *will have*
ils au**ront**, *they shall* or *will have*

demain, *to-morrow*   raisonnable, *reasonable*

Seras-tu aujourd'hui dans ton jardin? Auras-tu des affaires?
Nous aurons beau temps. Vous n'aurez pas la visite de ces
messieurs. A quelle heure serez-vous chez votre oncle? Quel
âge a votre frère? Il aura dix ans dans peu de jours. Où
seront demain vos sœurs? Elles ne seront pas encore à Washington. Quand vous serez à Saratoga, vous aurez beaucoup
de plaisir.- Si vos cousines sont parties, elles auront beau
temps. Dans trois jours je serai chez mes parents. Nous
serons contents, quand nous aurons reçu cet argent. Ma sœur
sera contente, quand elle aura fait son thème. Dites au domestique que je serai dans ma chambre. Tu auras cet oiseau,
quand tu seras appliqué. N'aurai-je pas aussi ce beau canif que
mon père a acheté? Vous aurez un chapeau neuf, et vos sœurs

auront une douzaine de mouchoirs. Ma cousine ne **sera** plus si triste, quand elle aura vu ses parents. Ces enfants auront été très-sages. Ils auront eu beaucoup de plaisir.

118. I shall have some pears and apples to-morrow. I shall always be diligent. You shall have *(sing.)* some paper, ink, and pens, when you are (shall be) reasonable. My sister will nave three pairs of stockings, and two pairs of gloves. Shall we have some vinegar, flour, and cheese to-day? Will you always be as happy as you (it) are to-day? Will you not often have a visit from your friends? When wilt thou receive *(auras-tu)* thy new boots? These children will be tired. Your sisters will not be so unhappy as I. The soldiers will have no more generals. Our gardener will have no more flowers; he will be very sad.

119. Conditional.

je **serais**, *I should* or *would be*
tu se**rais**, *thou shouldst* or *wouldst be*
il se**rait**, *he should* or *would be*
nous se**rions**, *we should* or *would be*
vous se**riez**, *you should* or *would be*
ils se**raient**, *they should* or *would be*

----

j'au**rais**, *I should* or *would have*
tu au**rais**, *thou shouldst* or *wouldst have*
il au**rait**, *he should* or *would have*
nous au**rions**, *we should* or *would have*
vous au**riez**, *you should* or *would have*
ils au**raient**, *they should* or *would have*

----

si j'avais, *if I had*   si j'étais, *if I were*
si j'avais eu, *if I had had*   si j'avais été, *if I had been*

Il est allé chez mon frère. *He is gone to my brother's.*

Je serais plus heureux, si j'avais des livres et des amis. J'aurais plus de plaisir, si mes cousins étaient ici. Tu ne serais pas si riche, si tu n'avais pas fait tant d'affaires. Charles n'aurait pas trouvé son père, s'il était arrivé un peu plus tard. Louise ne serait pas si triste, si elle avait ces belles fleurs-ci.

Nous ne serions pas encore venus, si nous n'avions pas reçu
une lettre de notre père. Beaucoup d'hommes seraient plus
heureux, s'ils étaient plus actifs. Ces filles ne seraient pas si
méchantes, si elles n'avaient pas perdu leur mère. Si tu avais
eu des amis, tu aurais été plus content. S'il avait eu de l'argent, il aurait acheté ces couteaux. Si je n'avais pas été chez
le médecin, je serais très-malade. Si vous aviez été plus sage,
vous n'auriez pas été malheureux. Si je n'avais trouvé personne, je serais allé chez mon oncle. Si nous n'avions rien fait,
nous aurions été très-paresseux. Mon père a dit que nous
aurions demain un autre domestique. Ma mère a écrit qu'elle
serait dans deux jours à Boston si le temps était beau.

120. Wouldst thou be contented if thou hadst all these flowers?
Godfrey would not have bought that dog, if he had not received
some money. Matilda would not have (be) departed, if she
had been ill. If we had not so many friends, we should have
little pleasure. Would you not have been very naughty if you
had taken these knives? These parents would not be so happy
if their children were not so diligent and modest. No one
would have been richer than our neighbor, if he had not had
so much ill fortune (malheurs). These (this) people would not
be so unhappy if they (il) had more money. We should have
(be) gone to our aunt's if the weather had been fine. This
shoemaker would not be so poor if he were not so idle. My
cousins would not have been so sad if they had received the
letters from their father.

121.

Votre frère est-il malade?	*Is your brother ill?*
Sa sœur n'est-elle pas venue?	*Has (is) not his sister come?*
Vos sœurs sont-elles arrivées?	*Have (are) your sisters arrived?*
Ces enfants ont-ils été sages?	*Have these children been good?*

Ce chien est-il fidèle? Cet écu n'est-il pas faux? Monsieur
Sicard n'est-il pas encore arrivé? Vos enfants sont-ils malades?
Cette chemise n'est-elle pas très-blanche? Votre voisin a-t-il
reçu des lettres de son fils? La campagne n'est-elle pas plus

agréable que la ville? Louise n'a-t-elle pas été plus appliquée que Joséphine? Votre tante n'avait-elle pas autrefois un grand commerce? Votre oncle n'était-il pas le plus riche libraire de la ville? Ce marchand ne vend-il pas aussi de la toile? Ces arbres-ci ne sont-ils pas plus hauts que ceux-là? Ces maisons-là ne sont elles pas plus belles que celles-ci? Votre cousin n'aura-t-il pas des bottes neuves? Ta cousine ne sera-t-elle pas très-triste, quand sa mère sera partie? Depuis quand votre fils est-il à Albany? Votre sœur a-t-elle bien dormi cette nuit? Cette chambre ne sera-t-elle pas trop petite? Ces bas seront-ils assez longs? Ces chaises ne seront-elles pas un peu basses? Ces messieurs ne seraient-ils pas très-riches, s'ils avaient toujours été aussi actifs qu'à présent? Marie sera toujours sage et appliquée.

122. Is this child ill? Is this exercise difficult? Is not the moon smaller than the sun? Are not these flowers more beautiful than mine? Has your neighbor sold his house? Do these meadows belong to the neighbor of our aunt? Was your cousin at Baltimore yesterday? Were not these children always more diligent than ours? Has Charles been at the shoemaker's? Has the shoemaker made a pair of shoes for Henry? Have not these girls been very diligent? How long is it since your servant went out? (since when is your servant gone out?) Will these gentlemen always be the first? Would these ladies always be the first? Would not these ladies have been very sad if they had lost their children? Shall we have a lesson to-day? Has John found his book?

123. parler, *to speak, talk;* parlé, *spoken*

Indicative Present.

je parle, *I speak*	parlé-je? *am I speaking?*
tu parles, *thou speakest*	parles-tu? *art thou speaking?*
il parle, *he speaks*	parle-t-il? *is he speaking?*
nous parlons, *we speak*	parlons-nous? *are we speaking?*
vous parlez, *you speak*	parlez-vous? *are you speaking?*
ils parlent, *they speak*	parlent-ils? *are they speaking?*

je ne parle pas, *I am not speaking*
ne parlé-je pas? *am I not speaking?*

chercher, *to seek, look for*　　　penser, *to think*
aimer, *to love, like*　　　que? *what?*
le bien, *the good, that which is right*

In English, the Present Tense may be expressed in three different ways;
namely, **I speak, I am speaking, I do speak**; in French, there
is only one form for the Present Tense; as: **je parle.**

Que cherchez-vous? Moi, je cherche ma plume, et mon
frère cherche son crayon. Nous cherchons notre chien. Ces
enfants cherchent leurs livres. Que pensez-vous de ma sœur?
Je pense qu'elle est très-malade. Avez-vous pensé à mon canif?
Tu penses que nous avons perdu tout notre argent. Nous
pensons tous les jours à nos amis. Vous ne pensez jamais à
vos affaires. Les riches ne pensent pas aux malheurs des
pauvres. J'aime ton frère. Aimes-tu aussi mon cousin? Ma
mère aime Charles et Godefroi; elle parle toujours de Mathilde
et de Louise. Dieu aime les hommes qui font le bien. Nous
aimons les enfants du médecin; nous parlons souvent du plaisir
que nous avons eu dans leur jardin. Vous n'aimez pas les
fleurs, vous ne parlez jamais de votre jardin. Les bons enfants
aiment leurs parents. Ces mères sont heureuses; elles parlent
avec plaisir de leurs enfants.

124. I am always thinking of (to) my sister. If thou lovest
thy parents, thou wilt be happy. Thy cousin is looking for her
bonnet. Our gardener is always speaking of his son. I do not
love (the) naughty children. We are not speaking of these
girls, but of those. I have never spoken. Have I not spoken
well? Thou speakest too much, my friend. Sensible men usually
speak little, but they think much. Hast thou thought of my
books? I did not think (have not thought) that thou wouldst
be here. What art thou looking for? I am looking for my
watch. No one has taken thy watch, it is on the table. Do
you like (the) coffee? We do not like (the) coffee, but we like
(the) chocolate. My cousins (*f.*) like (the) coffee and (the) milk.

125. Indicative Imperfect.

je parlais, *I spoke, was speaking, used to speak*
tu parlais, *thou spokest, wast speaking, etc.*
il parlait, *he spoke, was speaking, etc.*
nous parlions, *we spoke, were speaking, etc.*
vous parliez, *you spoke, were speaking, etc.*
ils parlaient, *they spoke, were speaking, etc.*

> parlais-je? *was I speaking?*
> je ne parlais pas, *I was not speaking*
> ne parlais-je pas? *was I not speaking?*

———

quand, *when*   intelligent, *intelligent*

In English, the Imperfect Tense may be expressed in four different ways;
as: **I spoke, I was speaking, I used to speak, I did speak.**
In French, there is only one form for the Imperfect Tense; as: **je parlais.**

Autrefois j'aimais le jeu, mais à présent j'aime les livres.
Tu n'aimais pas les fleurs, tu parlais toujours de tes chiens et
de tes chats. Ton cousin cherchait encore son chapeau, lorsque
nous sommes partis. Nous parlions souvent à votre oncle,
lorsque vous étiez à Boston. Mes fils n'aimaient pas les affaires;
ils étaient toujours paresseux. Si vous ne parliez pas si souvent,
vous seriez plus aimables. Notre voisin serait très-riche, s'il
aimait plus le travail. Ces demoiselles seraient plus contentes,
si elles ne cherchaient pas le bonheur dans les plaisirs du monde.
Si je n'aimais pas mes parents, je serais très-méchant. Henri
et moi, nous n'aimions pas les faux amis; nous cherchions
toujours ceux qui étaient fidèles. Louise et Marie pensaient
toujours au jeu; elles ne parlaient jamais de livres. Si j'avais
vu mon canif ici, je n'aurais pas cherché si longtemps.

126. I formerly liked this young man: he was always so modest
and so intelligent; he spoke little, but very well; and he always
sought friends who liked books more than wine. We were often
together, we never thought of play. What were you looking
for yesterday, when I was talking with my father? I was
looking for my hat, which I had lost. I should not have looked

so long (si longtemps), if thy brother had (was) not come. Thy mother and mine are talking together. The cat has taken the meat. The merchant whom you were looking for to-day, has been here. Who is the young man that was speaking with my father this morning? He is a bookseller who was formerly very rich; but he liked pleasure and wine too much; he is now very poor.

127. **Indicative Future.**

je parlerai, *I shall* or *will speak*
tu parleras, *thou shalt* or *wilt speak*
il parlera, *he shall* or *will speak*
nous parlerons, *we shall* or *will speak*
vous parlerez, *you shall* or *will speak*
ils parleront, *they shall* or *will speak*

Conditional.

je parlerais, *I should* or *would speak*
tu parlerais, *thou shouldst, etc.*
il parlerait, *he should, etc.*
nous parlerions, *we should, etc.*
vous parleriez, *you should, etc.*
ils parleraient, *they should, etc.*

laborieux *(m.)*, laborieuse *(f.)*, *industrious*

Je parlerai aujourd'hui à monsieur Brown, qui est arrivé avec sa sœur. Penserez-vous à mes affaires? Je penserai à vos affaires et aux miennes. Ne chercherez-vous pas le canif que vous avez perdu hier? Nous chercherons plus tard ensemble. Tu ne penseras plus à moi, quand tu seras à Richmond. Ce jeune homme est très-laborieux : il a beaucoup d'argent. Ces messieurs penseront plus souvent à leurs plaisirs qu'à leurs affaires. Si je parlais aussi bien que vous, je parlerais plus souvent. Si tu avais des livres utiles, tu ne penserais plus au jeu. Mon père n'aimerait pas ce jeune homme, s'il n'était pas si modeste. Nos cousins sont allés chercher leurs amis; nous chercherions aussi les nôtres, s'ils n'étaient pas partis. Vous penseriez plus souvent à vos livres, si vous étiez plus appliqués. Ces jeunes demoiselles n'aimeraient pas tant les plaisirs, si elles avaient moins d'amies.

128. Wilt thou speak to thy cousin to-day? I will not speak to my cousin to-day. Thou wilt look for thy brother a long time; he is not here. Will he think also of my books? We shall often speak of this town. You will love these pleasures no more. These children will look for their mother. I should speak to the physician if I were ill. Thou wouldst not like this dog if he were not so faithful. Our servant (*f.*) would think of everything if she were not so idle. We would not seek another servant if Louisa were industrious. If you had put your boots on the table, you would not have looked for them so long (looked so long). These gentlemen would not love pleasure so much, if they had less money.

129.

chanter, *to sing*	louer, *to praise*
jouer, *to play*	oublier, *to forget*
blâmer, *to blame*	travailler, *to work*

écouter, *to listen, listen to*

---

la chanson, *the song*	la guitare, *the guitar*
le violon, *the violin*	le maître, *the master*
la flûte, *the flute*	le cahier, *the copy-book*
appris, *learnt*	pendant, *during, for*

le soir, *the evening*

Mon frère joue du violon et de la flûte.   *My brother plays on (of) the violin and on (of) the flute.*

Votre frère a chanté une belle chanson, il chante très-bien. Chantez-vous aussi? Je ne chante pas; mais mes frères chantent tous. Vous avez oublié mon cahier; vous oubliez tout. Voilà mes sœurs; elles jouent avec leurs amies. Plus tard nous jouerons aussi. Ces enfants ont joué hier ensemble. Le maître a beaucoup blâmé Emilie; il a dit qu'elle ne travaillait pas, qu'elle jouait toujours et qu'elle oubliait tout. Les enfants sages écoutent leur maître. Si vous ne travaillez pas, vous serez toujours pauvres. Adolphe n'a pas appris sa leçon; il est paresseux. Le maître blâme les enfants paresseux, mais il loue ceux qui sont appliqués. Nous ne louons pas votre sœur, parce qu'elle est très-méchante. Votre frère joue-t-il du violon? Mon frère joue du violon, et mes cousins jouent de la flûte.

Travaillerez-vous ce soir? Nous ne travaillerons pas ce soir. Chanteras-tu aujourd'hui? Mes sœurs chanteront. Autrefois je chantais plus souvent, mais je ne travaillais pas.

130. Who has sung this beautiful song? It is my sister who has sung this song. We have listened with pleasure. Does your sister sing? She (has) learned singing *(à chanter)* for six months. Do you play (of) the violin? My brother plays the violin; but my sister and I (we) play the guitar. Do your brothers also sing? My brothers sang formerly very well, but now they no longer sing. The teacher blamed thy cousin Charles yesterday, but he praised thy cousin Mary. Has thy brother worked to-day? He has worked this morning, and he will work again this evening. We would not work so long, if we had not so much business. Hast thou forgotten my penknife? I have forgotten nothing; there is also thy copy-book and (thy) pen. Thy brother forgets everything, he will forget his exercises.

131.

donner, *to give*	prêter, *to lend*
porter, *to carry, wear*	pleurer, *to weep*
coûter, *to cost.*	demeurer, *to live, dwell*
trouver, *to find, meet with, like*	

le drap, *the cloth*	noir, *black*
le tailleur, *the tailor*	excellent, *excellent*
pourquoi? *why?*	comment, *how*

Combien ce drap coûte-t-il? Combien coûte ce drap? } *How much does this cloth cost?*

Je ne cherche pas mon cahier. Tu ne donnes rien aux pauvres. Cet enfant pleure, il n'a pas de pain. Nous trouvons toujours des amis, quand nous sommes riches. Vous portez toujours des habits noirs. Combien coûte le drap de votre habit? Où avez-vous acheté ce beau canif? Comment trouvez-vous ce vin? Je trouve que ce vin est excellent. Pourquoi pleurez-vous? Nous ne pleurons pas. Où portez-vous ce drap? Nous portons ce drap chez le tailleur. Où demeurez-vous? Je demeure chez mon oncle. Messieurs Barton ne demeurent plus

ici. Je prêterai mon livre à votre frère, s'il a perdu le sien.
Vous ne trouverez jamais le temps long, si vous aimez le travail.
Ces enfants pleureront beaucoup, quand leur mère sera partie.

132. What did (have) these cups cost? What tailor has
made this garment? Where does he live? Why do you not
work? Who has found this knife? Of *(chez)* whom did you
buy (have you bought) this cloth? Why didst thou weep yesterday? How did he like this wine? How many trees wilt .
thou give to the gardener? To whom will you lend this book?
Have those gentlemen lived long here? *(See Ex.* 115.) Does
thy sister always wear black stockings? How long did you
wear (have you worn) that large hat? Wouldst thou give thy
violin for this flute? Did this guitar cost twenty francs? Will
thy brother carry all these books? Is this fruit good? How
much will this house cost?

133. finir, *to finish;* fini, *finished*
Indicative Present.

je finis, *I finish, do finish, am finishing*	nous finissons, *we finish, do finish, are finishing*
tu finis, *thou finishest, etc.*	vous finissez, *you finish, etc.*
il finit, *he finishes, etc.*	ils finissent, *they finish, etc.*

punir, *to punish*	obéir, *to obey*
salir, *to soil, dirty*	choisir, *to choose*
bâtir, *to build*	remplir, *to fill, fulfil, do*

le devoir, *the duty*	le ruban, *the ribbon*
Cet enfant obéit à sa mère.	*This child obeys (to) his mother.*

J'obéis à mes parents. Tu choisis les meilleurs fruits.
Mon voisin bâtit trois maisons. Nous remplissons nos devoirs
avec plaisir. Pourquoi ne punissez-vous pas vos enfants, quand
ils sont méchants? Ces messieurs ne remplissent pas leurs
verres. Je ne punis jamais ce jeune homme, parce qu'il est
toujours bon. Vous avez bien choisi; ce ruban-ci est le plus
beau. N'avez-vous pas encore fini? Ces messieurs ne finissent
jamais. Si vous ne finissez pas, je parlerai à votre père. Qui
a rempli ces deux verres? Pour qui sont les cadeaux que vous

choisissez? Pourquoi ne bâtissez-vous pas? Nous ne bâtissons pas, parce que nous n'avons point d'argent. Vos sœurs ne sont pas sages; elles salissent toujours leurs habits.

134. I have not yet finished my exercise. Hast thou already finished thine? We are finishing ours now. Why do you not also finish yours? My sons always finish their exercises. The teacher punishes those who do not obey. We always obey (to) our teacher. You are very sensible; you do your duty. Who has soiled this copy-book? Henry; he soils every thing. We never soil our copy-books. Which copy-book hast thou chosen? I have not yet chosen. I choose this, and my sister chooses that. You are too long choosing. Who is building this house? It is the bookseller who is building this house. People are building *(On bâtit)* much in this city. Is this bottle filled? You do not fill the bottles well. There is too little water in this bottle.

135.   Indicative Imperfect.

je finissais, *1 finished, was finishing, used to finish*
tu finissais, *thou finishedst, wast finishing, etc.*
il finissait, *he finished, was finishing, etc.*
nous finissions, *we finished, were finishing, etc.*
vous finissiez, *you finished, were finishing, etc.*
ils finissaient, *they finished, were finishing, etc.*

Charles était autrefois très-heureux: il chantait toujours, il jouait avec ses amis, mais il aimait aussi le travail. Nous étions souvent ensemble. Nous finissions toujours les premiers nos thèmes. Le maître était toujours content, et il ne punissait jamais. Nous obéissions à nos parents, et nous écoutions nos maîtres. Jean choisissait les meilleurs livres, et Louise cherchait les plus beaux fruits. Vous parliez souvent de vos amis, et vous ne salissiez jamais vos habits. Nos frères aimaient les affaires plus que les plaisirs, et ils punissaient ceux qui ne travaillaient pas. Autrefois, quand nous aimions beaucoup les cerises, votre mère remplissait toujours nos corbeilles. Nous portions une partie de nos fruits aux enfants du pauvre menuisier qui demeurait dans la maison de notre voisin.

136. If you obeyed (to) your parents you would be happier. You would be very diligent if you finished (*finissiez)* your exercises to-day. If we soiled our dresses, our mother would blame the servants *(f.).* These gentlemen would find more pleasure if they fulfilled their duties. It would be *(on aurait)* wrong to (of) build now. It would be right to (of) choose these ribbons. My brother would be very idle if he did not finish his exercises to-day. You would be very diligent if you filled these bottles. If we do not obey (to) our teachers, we shall be very naughty. He would be right if he punished thy brother who is generally so idle.

137. ### Indicative Future.

je fini**rai**, *I shall* or *will finish*
tu fini**ras**, *thou shalt* or *wilt finish*
il fini**ra**, *he shall* or *will finish*
nous fini**rons**, *we shall* or *will finish*
vous fini**rez**, *you shall* or *will finish*
ils fini**ront**, *they shall* or *will finish*

Conditional.

je fini**rais**, I *should* or *would finish*
tu fini**rais**, *thou shouldst* or *wouldst finish*
il fini**rait**, *he should* or *would finish*
nous fini**rions**, *we should* or *would finish*
vous fini**riez**, *you should* or *would finish*
ils fini**raient**, *they should* or *would finish*

---

la salle, *the room*   si—ne, *if—not, unless*

Quand finirez-vous votre thème? Je finirai tout à l'heure. Tu saliras ton habit, si tu portes cette corbeille. Dieu punira les méchants. Nous aurons aujourd'hui des rubans, nous choisirons les plus beaux. Les enfants sages obéiront toujours à leurs parents. Si mon frère était ici, je finirais mon thème. Si j'avais de l'argent, je bâtirais une salle. Si je bâtissais, mon voisin bâtirait aussi. Nous ne remplirions plus nos verres, si le vin n'était pas si bon. Si vous portiez cette huile, vous saliriez vos gants. Je n'aimerais_pas ce jeune homme s'il n'obéissait pas à ses parents et à son maître. Mes sœurs ne choisiraient pas ces chapeaux, si elles ne trouvaient que ce sont les meilleurs. Nous aurions choisi ces bas-ci, s'ils étaient un peu plus longs. Vous auriez fini votre thème, si vous aviez toujours travaillé.

138. I will fill thy glass; thou hast not yet drunk. There is also cheese and bread. I will give this slice of ham to your little Francis. We shall finish our letter this evening. Henry will soil his clothes if he carries this tree. We will always obey (to) our parents. You will not punish this young man, because he has done nothing. Will you also build? I have built enough; I will not build (any) more. You would finish to-day if you were more diligent. We would fill our glasses if we had not drunk enough. You would obey (to) your brother if you were more sensible. My neighbors would build if they had more money.

139.   vendre, *to sell;* vendu, *sold*

Indicative Present.

je vends, *I sell, am selling*
tu vends, *thou sellest, art selling*
il vend, *he sells, is selling*
nous vendons, *we sell, are selling*
vous vendez, *you sell, are selling*
ils vendent, *they sell, are selling*

le prix, *the price*
la couleur, *the color*
en, *of it*
fin *(m.)*, fine *(f.), fine*

vert, *green*
à la mode, *in the fashion,*
fashionable
gros *(m.)*, grosse *(f.), coarse*

la qualité, *the quality*

Combien vend-il ce drap l'aune?

Il le vend vingt francs l'aune.

At how much does he sell this cloth an ell (this cloth the ell)?

He sells it at twenty francs an ell (twenty francs the ell).

Votre oncle vend sa maison. Mon oncle ne vend pas sa maison, mais il vend son jardin. Combien vendez-vous ce

drap noir l'aune? Je vends ce drap quatorze francs l'aune.
C'est très-cher. Je trouve que c'est très-cher. Voilà un drap
vert qui est aussi beau que celui-là, et qui ne coûte pas autant.
Ce drap est très-fin, et la couleur en est belle. Combien dites-
vous que ce drap-ci coûte? Quel est le dernier prix de ce drap?
Nous vendons ce drap dix francs et demi l'aune. Vous vendez
très-cher. Les autres marchands de la ville ne vendent pas si
cher que vous. Ce drap est d'une très-bonne qualité; vous
trouverez qu'il n'est pas trop cher. Nous en vendons beaucoup
de cette qualité; ce matin nous en avons vendu vingt aunes.
Tous ceux qui ont acheté de ce drap en ont été très-contents.
Comment trouves-tu ce drap, Henri? Je trouve que ce drap
vert est plus gros que ce drap noir. Si c'était pour moi, je
choisirais celui-ci. Tu as raison. Le tailleur a dit aussi que
le vert n'était plus à la mode.

140. Where are these beautiful pencils sold? (Where do
people sell, *etc.*?) Do you sell penknives? I sell nothing. Thy
brother is selling all his birds. We are also selling ours. You
are selling everything. Are your sisters also selling their
books? My brother is not selling his horse, but he is selling
his dog. How much do these gloves cost? These gloves and
stockings together cost six francs and a half. That is not dear.
Where did you buy (have you bought) this hat? Does your
neighbor also sell cloth? Do you not find that he sells too
dear? He does not sell his cloth dear: he sells the green cloth
at ten francs an ell. This cloth is fine, but that is coarse. This
is good, but the color is not fashionable.

141. rendre, *to give back, restore*   attendre, *to wait*
descendre, *to descend, come down* perdre, *to lose*
répondre, *to answer, reply*   battre, *to beat*

---

la porte, *the door*   doucement, *softly, gently, slowly*
le moment, *the moment* venez, *come;* allez, *go, are going*
tout, *quite*   vite, promptement, *quickly*

Je perds mon temps. Je n'attends pas plus longtemps.
Pourquoi ne réponds-tu pas? Votre frère ne descend-il pas?
Mon frère et ma sœur descendent en ce moment. A qui est
ce livre? Pourquoi ne rendez-vous pas ce livre? Vous battez
toujours mes sœurs; elles ont beaucoup pleuré. Ces enfants
perdent leurs plumes à tout moment. Où allez-vous si vite?
Attendez un moment; n'allez pas si vite; allez tout doucement.
Venez, il est déjà tard: nous n'attendons pas; nous perdons
trop de temps. Venez ici, mes cousins attendent à la porte.
Nous avons attendu plus d'une *(than an)* heure. Que fait
votre frère? Il joue. Combien perdez-vous aujourd'hui?

142. What are you looking for? Have you lost your penknife? You lose everything. We are looking for nothing; we
have lost nothing; it is our cousin who loses everything. He
is beating *(bat)* all the children. When I (shall) come down
I will speak to my cousin *(m.)*. Where are you going now?
You are not going too quickly, you are going quite slowly.
Come with me. Wait a little, I am looking for my hat. Why
do you beat this child? He has done nothing. You do not
answer; you are very naughty. Give me back my pen, or give
me yours. Why do you not wait? We are waiting; my sisters
are also waiting. These children never answer; they are
always losing their hats.

143. **Indicative Imperfect.**

je vend**ais,** *I sold, was selling, used to sell*
tu vend**ais,** *thou soldest, wast selling etc.*
il vend**ait,** *he sold, was selling etc.*
nous vend**ions,** *we sold, were selling etc.*
vous vend**iez,** *you sold, were selling etc.*
ils vend**aient,** *they sold, were selling etc.*

Pourquoi n'attendais-tu pas? J'avais oublié ma montre.
Nous descendions souvent cette montagne, quand nous demeu-
rions chez notre oncle. Autrefois vous aimiez beaucoup le jeu,
vous perdiez souvent tout votre argent. Il est vrai, je perdais
trop, j'étais très-malheureux. Je trouvais toujours le temps
long; je n'avais pas assez d'affaires. Depuis que je suis ici, je

ne pense plus au jeu. Votre frère aime le commerce; il était ce matin à la porte de notre maison, et il vendait son petit chien au fils du libraire. Il a bien fait; tous les enfants battaient ce pauvre animal. Pourquoi ne répondiez-vous pas, lorsque mon père était ici? Je ne répondais pas, parce que j'étais trop triste. Mes frères descendaient lorsque vous parliez avec mon oncle.

144. Why did you not wait? We did not wait because we had no more time. Your cousin answers very well; he is an industrious young man. My brothers did not answer so well; they did not like work enough. Why did you beat this child? I beat this child because he was very naughty. Why were you coming down so quickly? The general had come. We should lose our money if we waited longer. If you gave back these flowers to your cousin, he would be very pleased. Your sisters would be very sad if you did not reply.

145.

Indicative Future.

je vendrai, *I shall* or *will sell*
tu vendras, *thou shalt* or *wilt sell*
il vendra, *he shall* or *will sell*
nous vendrons, *we shall* or *will sell*
vous vendrez, *you shall* or *will sell*
ils vendront, *they shall* or *will sell*

Conditional.

je vendrais, *I should* or *would sell*
tu vendrais, *thou shouldst* or *wouldst sell*
il vendrait, *he should* or *would sell*
nous vendrions, *we should* or *would sell*
vous vendriez, *you should* or *would sell*
ils vendraient, *they should* or *would sell*

retourner, *to return, go back*   bientôt, *soon*

As-tu déjà répondu à la lettre de ton cousin? Je répondrai ce soir à sa lettre. Vendrez-vous votre cheval? Je ne vendrai pas mon cheval, mais mon frère vendra le sien. Descendrez-vous bientôt? Nous ne descendrons pas encore. Vos sœurs descendront-elles? Elles attendront encore un peu. Je n'atten-

drai pas plus longtemps. Nous attendrions encore un moment.
si notre frère était ici. Vous perdriez beaucoup, si vous vendiez votre maison. Si je vendais mon cheval, je vendrais aussi
mon chien. Si ce jeune homme était plus sage, il ne battrait
pas son domestique. Si nos cousins n'étaient pas malades, ils
répondraient à notre lettre. Je retournerai tout à l'heure.

146. When will you answer (reply to) the letter of your
brother? I have already answered his last letter; he has already
received two of my letters. He will answer in three days.
We shall lose our friend Henry: he is very ill. This is a great
misfortune for his sister. You will wait for your father; he
has not yet come. Wait a moment, we will go back together.
We would wait with pleasure, if we had time. You would lose
your time, if you waited longer. These gentlemen would not
sell their horses, if they had not lost their money.

147. lever, *to lift*, *raise*
Indicative Present.

je lève, *I raise*	nous levons, *we raise*
tu lèves, *thou raisest*	vous levez, *you raise*
il lève, *he raises*	ils lèvent, *they raise*

Imperfect. je levais, *I was raising*
Future. je lèverai, *I shall raise*
Conditional. je lèverais, *I should raise*

élever, *to bring up*, *educate*	achever, *to complete*, *end*
mener, *to guide, lead, bring*	acheter, *to buy*

appeler, *to call*, *name*
Indicative Present.

j'appelle, *I call*	nous appelons, *we call*
tu appelles, *thou callest*	vous appelez, *you call*
il appelle, *he calls*	ils appellent, *they call*

Imperfect. j'appelais, *I was calling*
Future. j'appellerai, *I shall call*
Conditional. j'appellerais, *I should call*

jeter, *to throw*, *throw away*

je jette, *I throw*	je jetais, *I was throwing*
je jetterai, *I shall throw*	je jetterais, *I should throw*

la robe, *the gown*, *dress*   la pierre, *the stone*
la plante, *the plant*   lourd *(m.)*, lourde *(f.)*, heavy
le chemin, *the way*, *road*   faites, *make, do*
l'école *(f.)*, *the school*   l'église *(f.)*, the church
élevé, *educated*   levé, *lifted, raised*

Où achetez-vous vos robes? J'achète mes robes chez monsieur Henri, et ma sœur achète les siennes chez notre voisin.
Ma mère achètera aujourd'hui une paire de gants pour ma
sœur. Nous achèterions ces plantes, si elles n'étaient pas trop
chères. Que faites-vous? J'achève mon thème. Nous achè-
verons le nôtre ce soir. Quand achèverez-vous ce thème?
Appelle ton frère. Où est-il? Où menez-vous cet enfant? Je
mène cet enfant à l'école. Ce chemin mène à l'église. Cet
enfant est très-bien élevé. Ce jeune homme est très-appliqué:
il mène une vie très-active. Vous ne lèverez pas cette pierre;
elle est très-lourde. Votre tante élève bien ses enfants. Ma
mère est malade; nous appellerons le médecin. Comment ap-
pelle-t-on cette plante? Jetez cette plume; elle n'est pas bonne.
Je jetterai cette lettre au feu; elle n'est pas bien écrite.

148. Why did you not complete (have you not completed)
your exercises? I shall complete my exercises to-morrow.
Have you called the servant *(m.)*? The servant has gone out;
I will call the maid-servant. You are a naughty boy (you are
naughty), you are always throwing stones into our garden. I
will take my sisters this evening to my uncle's. ·These gentlemen would lead a better life if they were more diligent. I have
lifted this stone, it is not heavy. My brother will not lift
this stone. These mothers bring up their children very well;
they are well educated children. Your father will buy my
uncle's garden. Who has thrown this stone into my room?

149.   préférer, *to prefer.*
Indicative Present.

je préfère, *I prefer*   nous préférons, *we prefer*
tu préfères, *thou preferrest*   vous préférez, *you prefer*
il préfère, *he prefers*   ils préfèrent, *they prefer*

Imperfect. je préférais,	*I was preferring, I preferred*
Future. je préférerai,	*I shall prefer*
Conditional. je préférerais,	*I should prefer*

espérer, *to hope*   modérer, *to moderate*
posséder, *to possess*   céder, *to cede, to give, to yield*
exagérer, *to exaggerate*   régler, *to rule, to settle*
célébrer, *to celebrate*

la colère, *anger*   la fête, *the feast, birth-day*
la passion, *the love, affection*   chaque année, *each, every year*
le défaut, *the defect, fault*   ce qui, ce que, *that which, which,*
la fortune, *the fortune*   *what*
la place, *the place*   l'écolier, *the scholar*

J'espère que tu trouveras ton livre. Nous espérons que nos parents arriveront bientôt. Ma sœur espère que tu n'oublieras pas son cahier. Ma fortune n'est pas très-grande. Les hommes espèrent toujours. Nous célébrerons demain la fête de notre père. Ces écoliers célèbrent chaque année la fête de leur maître. Je préfère mes livres à ceux de mon cousin. Ma mère préfère le thé au café. Nous préférons ce violon à cette flûte. Mon oncle possède beaucoup de jardins et de prairies. Nous possédons une très-belle maison. Tout ce que je possède, est à vous. Je réglerai mes affaires et les vôtres. Modérez votre colère. Celui qui modère ses passions est heureux. Je céderai ma place à ce monsieur. C'est un homme qui exagère tout. Vous exagérez les défauts de cet enfant.

150. Have you celebrated the birth-day of your aunt to-day? We celebrate her birth-day every year. I hope that we shall yet celebrate this day. We hope that my brother will be good. I prefer my boots to yours. Do you prefer these apples to those pears? We shall always prefer our duties to all pleasures. You exaggerate every thing. We exaggerate nothing. I will give my dog to my brother. If you do not moderate your anger, you will be unhappy. This man was formerly very rich; he possessed many houses and much land *(terres)*. Now he is poor; he possesses nothing. You formerly possessed nothing, and now you possess a large fortune.

151.   employer, *to employ, spend*
Indicative Present.

j'emploie, *I employ*	nous employons, *we employ*
tu emploies, *thou employest*	vous employez, *you employ*
il emploie, *he employs*	ils emploient, *they employ*

Imperfect.	j'employais,	*I was employing, I employed*
Future.	j'emploierai,	*I shall employ*
Conditional.	j'emploierais,	*I should employ*

envoyer, *to send*	payer, *to pay, pay for*
nettoyer, *to clean*	essayer, *to try*
aboyer, *to bark*	essuyer, *to wipe, dry up*
	effrayer, *to frighten.*

---

l'amitié *(f.)*, *friendship*	propre, *proper, clean, neat*
l'humeur, *(f.)*, *temper*	mordre, *to bite*
la dent, *the tooth*	la jeunesse, *youth*
la larme, *the tear*	la faute, *the fault, mistake*
	mauvais, mauvaise, *bad*
	volontiers, *willingly*

For the sake of euphony, **son** is used instead of **sa** before a vowel or silent
h, as: **son** amitié for **sa** amitié, **son** humeur for **sa** humeur.

Employez bien votre temps. Celui qui emploie bien son
temps, est très-sage. La mauvaise humeur de mon frère
m'effraie. Je paie tout ce que j'achète. Nous payons souvent
bien cher les fautes que nous avons faites. Nous envoyons notre
domestique chez votre cousin. Mon père paiera tout ce que
nous avons reçu. Si vous ne payez pas mon cousin, vous per-
drez son amitié. Nous paierions volontiers votre cousin, si nous
avions reçu de l'argent. Mon père a perdu ses dents dans sa
jeunesse. Ma chambre n'est pas propre; vous ne nettoyez jamais ma chambre. Mon frère nettoie toujours ses habits.
Pourquoi ce chien aboie-t-il? Les chiens qui aboient, ne mor-
dent pas. Le chien de notre voisin a mordu mon frère. Essayez
cette plume; elle est très-bonne. Vous n'avez pas essuyé vos
mains. J'essuierai mes mains à mon mouchoir. Essuyez vos
larmes, ne pleurez plus. Vous avez effrayé ces enfants. Mon
frère effraie toujours les enfants.

152. If you do not employ the time of your youth well, you will not be happy. My sister employs her money well. How do you spend the greater part of your time? This dog barks the whole night. A dog which barks, does not generally bite. Clean your shoes. You have not yet cleaned your teeth. I am sending three francs to this poor family. You send nothing to your brother. We are sending a basket of fruit to-day to our sister. Have you paid the gardener? We will pay the gardener to-morrow. Caroline has cried; she is drying up her tears. My pen is not good; I will try yours. The table is not clean; you never wipe the table. I was much *(très)* frightened because I had lost my book. We have paid for the cloth which we have received from the tailor.

153.   placer, *to put, place, lay*

Indicative Present.

je place, *I place*	nous plaçons, *we place*
tu places, *thou placest*	vous placez, *you place*
il place, *he places*	ils placent, *they place*

Imperfect.   je plaçais,   *I was placing, I placed*
Future.   je placerai,   *I shall or will place*
Conditional. je placerais,   *I should or would place*

commencer, *to begin*	rincer, *to rinse*
effacer, *to efface, strike out*	prononcer, *to pronounce*
	avancer, *to advance*

manger, *to eat*

Indicative Present.

je mange, *I eat*	nous mangeons, *we eat*
tu manges, *thou eatest*	vous mangez, *you eat*
il mange, *he eats*	ils mangent, *they eat*

Imperfect.   je mangeais,   *I was eating*
Future.   je mangerai,   *I shall or will eat*
Conditional. je mangerais,   *I should or would eat*

corriger, *to correct*	changer, *to change, alter*
partager, *to share, divide*	protéger, *to protect*

l'innocence *(f.)*, *innocence*
la ligne, *the line*
le mot, *the word*
l'étude *(f.)*, *the study*
l'anglais, *English*
le français, *French*

le latin, *Latin*
autrement, *otherwise, differently*
mieux, *better*
entre, *between, among*
le bien, *property, estate, fortune*
l'appétit, *(m.) the appetite*

Vous ne prononcez pas bien ce mot. Nous prononçons le français mieux que vous. Mon cousin prononçait très-bien l'anglais. Effacez cette ligne. Prononcez ces mots autrement. L'étude du latin est très-agréable. Nous plaçons nos livres sur cette table. Pourquoi avez-vous effacé cette ligne? Nous n'effaçons jamais un mot. Vous n'avancez pas dans vos études. Autrefois j'avançais beaucoup plus. Nous avançons tous les jours. Vous n'avez pas encore corrigé les fautes de votre thème. Nous ne corrigeons jamais les thèmes de notre frère. Mon oncle a partagé son bien entre ses enfants. Nous partageons avec nos amis tout ce que nous avons. Mangerez-vous un peu de ce fruit? Je ne mangerai rien à présent, je n'ai pas d'appétit. Vous protégez toujours ce jeune homme. Dieu protège l'innocence. Nous protégeons nos amis. Le temps a changé. Avez-vous déjà commencé votre lettre? Je commencerai dans un moment. Je n'ai pas encore rincé les verres.

154. You do not pronounce well. You formerly pronounced better. The French pronounce (the) Latin differently from us (otherwise than we). Why do you not eat? We do not eat, because we have no appetite. We will presently eat a little of this ham. Put this book on the table. We will place everything on this chair. I have not yet corrected my exercise. We will correct ours this evening. My brother formerly corrected my exercises. We will share this apple with our cousin. We will not begin to-day; we will begin to morrow. Do not efface these two lines. Why have you struck out this word? The weather will change. This gentleman is much *(bien)* altered. Why do you not· protect this girl? We protect no one. Have you already rinsed the glasses? We are now rinsing the glasses and cups.

155.

Singular.	Plural.
moi, *I, me*	nous, *we, us*
toi, *thou, thee*	vous, *you*
lui, *he, him*	eux *(m.)*, *they, them*
elle, *she, her*	elles *(f.)*, *they, them*

ceci, *this*	avant, *before*
cela, *that*	après, *after*
envers, *towards, to*	ingrat, *ungrateful, unthankful*
contre, *against*	ou, *or*
chez moi, *to or at my house*	en, *in*

Venez avec moi. Allez avec lui. As-tu été chez moi? Je n'ai pas été chez vous. Qui a écrit cette lettre, toi ou elle? Nous avons travaillé pour vous. Vous êtes ingrat envers nous. Votre frère est arrivé avant moi. Vous arriverez après lui. Voilà ta petite sœur; n'as-tu rien pour elle? Je n'ai pas vu aujourd'hui tes frères, mais j'ai pensé à eux. Nous n'avons pas vu vos sœurs, mais nous avons pensé à elles. Vous n'aimez pas mon frère, vous êtes toujours contre lui. Nous aimons beaucoup votre sœur; nous parlons souvent d'elle. Je pense toujours à toi, mais tu ne penses jamais à moi. Cet habit est-il pour vous? Cette montre est-elle pour toi? Qui a pris mon canif? Moi. C'est toi qui as pris ma plume. Celui qui n'est pas avec moi, est contre moi. Où est votre petit frère? Ces fruits et ces fleurs sont pour lui. Où est la pauvre femme? Cet argent est pour elle. Ceci est pour vous, cela est pour nous. A qui est cela? Ceci est à moi, et cela est à toi. Donnez-moi de ceci ou de cela.

156. Thou hast not thought of (to) me. We have often spoken of thee. Thy cousin is always against us. Is this knife for you? Thy sister has (is) come with me. Thy cousins have gone away before us. You went away (are gone away) after them. For whom is this? Is this for my brother? This is for thee, and that is for him. My sisters are ill; I am working to-day for them. Our neighbor is very ungrateful to (*envers*) us. Who has taken my pencil? Thy uncle has been to (*chez*) us to-day.

157.

Singular.	Plural.
me, *me, to me*	nous, *us, to us*
te, *thee, to thee*	vous, *you, to you*
lui, *to him, to her, to it*	leur, *them, to them*
se, *himself, herself, itself*	se, *themselves, one another*
le, *him, it*	les, *them*
la, *her, it*	les, *them*

---

l'estampe *(f.), the engraving* montrer, *to show*
la bibliothèque, *the library*

Je te donnerai cette plume, si tu me prêtes ton crayon.
Où est votre frère ? Nous le cherchons depuis une heure; *or,*
il y a une heure que nous le cherchons. Ta sœur est très-
appliquée ; le maître la loue toujours. As-tu vu mon cheval?
Je ne l'ai pas encore vu. As-tu ma plume? Non, je ne l'ai
pas. Tu ne m'as pas dit que ton frère est malade. Mon cousin
t'a prêté une plume. Je lui ai rendu sa plume. Vous ne lui
avez pas encore écrit. Notre jardinière est heureuse; son fils
lui a envoyé cent francs. Je ne vous ai pas encore montré ma
petite bibliothèque. Je vous montrerai aussi mes fleurs. Votre
frère nous a dit que vous aviez beaucoup de livres et beaucoup
de fleurs. Ces estampes sont très-belles; je les ai reçues de
mon oncle. Où avez-vous acheté ces beaux livres ? Je ne les
ai pas achetés, c'est un cadeau de ma tante. Vos frères n'aiment pas les livres; ils aiment trop le jeu. Je leur ai souvent
prêté mes livres.

158. I love thee, and thou blamest me. Thy brother loves
me, but thou dost not love me. This dog is not faithful, and
I do not like him. Where is thy sister? Her mother is seeking
her. Where have you been ? We have been looking for you
(one seeks you) for *(depuis)* an hour. My uncle has given me
a beautiful book. I had written (to) him a letter. Has your
aunt been here? Yes, I have told (to) her that you are ill.
A basket of fruit has been sent us (one has sent us....).
Charles will carry these flowers for you; he will give them

to your gardener. My children love (the) flowers very much,
I will give them those which are in my room.

159. le même, la même   les mêmes, *the same*
                je crois, *I believe*
Ces enfants s'aiment. *These children love one another.*

Que cherches-tu? As-tu perdu ton canif? Ne le trouves-
tu pas? Ne l'as-tu pas mis dans ta boîte? Je crois que mon
cousin l'a pris. Ton cousin ne l'a pas pris. Je lui ai prêté le
mien. Il m'a rendu ma plume, mais il ne m'a pas encore rendu
mon canif. Je ne lui prêterai plus rien. Il ne rend jamais ce
qu'on lui prête. Ma sœur a le même défaut. Quand je lui
prête un livre, elle ne le rend pas. Nous rendons toujours ce
qu'on nous prête. Je vous prêterai tout ce que j'ai. Mes amis
me rendent aussi ce que je leur prête; ils m'ont rendu ce matin
le crayon que je leur avais prêté hier. Le pauvre homme est
venu; je lui donnerai un morceau de pain blanc et un verre de
bière. Ma cousine m'a écrit. Je lui ai répondu que je lui
achèterais un joli chapeau. si elle était toujours sage et appliquée. Ces enfants ne s'aiment pas, ils se battent toujours.

160. My sisters are always giving me (some) flowers. You
give me much money. The teacher never praises you; you are
not industrious. I have received the book which you (have)
sent me. I (have) found it, when I came (am come). If you
love me, I will also love you. I should love you, if you were
industrious. If you find my dog, I will give you five francs.
My brother is in (at) London: I have written to him, but he
has not yet replied to me. Our father has given us a basket
of fruit and a bottle of wine. These children are very poor,
some bread and money have been given to them (one has given
to them, etc.). My uncle has given me every thing that he had
(all that which he had).

161. Me cherchez-vous? M'avez-vous oublié? Te cherche-
t-il? T'a-t-il donné des pommes? Le trouvez-vous? L'avez-
vous déjà vu? Cette maison est-elle à vous? La vendez-vous?
Ne la vendez-vous pas? Votre frère est-il parti? Lui avez-vous

écrit? Vous a-t il répondu? Ne lui avez-vous pas encore écrit?
Ne vous a-t-il pas encore répondu? Votre sœur est-elle malade?
Lui avez-vous acheté du sucre? Vous a-t-elle parlé de moi?
Nous attend-on? Nous a-t-on envoyé des bas et des souliers?
Vous trouvera-t-il aujourd'hui? Vous a-t-il parlé de mon
malheur? Avez-vous oublié vos devoirs? Les remplissez-vous
toujours? Ne les avez-vous pas encore remplis? Avez-vous
parlé à mes cousins? Leur avez-vous rendu le livre qu'ils vous
ont prêté? Ne leur avez-vous pas dit que nous travaillons
ensemble?

162. Wilt thou choose me? Will he find thee? Hast thou
told him that we are here? Is he contented? Will he buy it?
Hast thou read it? Has he punished you? Will he answer
us? Will he look for it? Where are thy books? Hast thou,
laid them on the table? Where are my shoes? Who has taken
them? Have (are) your brothers come? Have you given your
engraving to them? Has your mother sent the servants (m.)
to them? Is the maid-servant ill? Have they gone for (est-on
allé chercher) the physician? Has he given the wine to him?

163.

me le, *it to me*	nous le, *it to us*
me les, *them to me*	nous les, *them to us*
te le, *it to thee*	vous le, *it to you*
te les, *them to thee*	vous les, *them to you*

---

je vous le donne, *I give it to you*

vous le donné-je? *do I give it to you?*

je ne vous le donne pas, *I do not give it to you*

ne vous le donné-je pas? *do I not give it to you?*

---

demander, *to demand, beg, ask, ask for*

conseiller, *to advise, recommend*

désirer, *to desire, wish for*

refuser, *to refuse*

défendre, *to defend, forbid*

tu promets, *thou promisest*

Avez-vous lu le livre? Votre frère me le donnera, quand
il l'aura lu. Tu m'as demandé mon canif; je te le prêterai, si tu

promets de me le rendre. Tu m'as prêté hier ta plume; je te
la rendrai demain. Le jardinier a reçu les fruits; il nous les
vendra. Si j'avais reçu les livres, je vous les prêterais. Je
n'ai pas chanté aujourd'hui; mon père me l'a défendu. Je n'ai
pas encore vu tes estampes. Mon frère te les montrera. Dites-
moi pourquoi vous êtes si triste. Je vous l'ai déjà dit. Vous
ne me l'avez pas encore dit. Je ne vous l'avais pas encore
demandé. Que me conseillez-vous? Je ne vous le conseille
pas. Il nous le refusera. M'avez-vous demandé mon cheval?
Je vous l'ai demandé, mais vous me l'avez refusé. Vous ne
nous avez pas encore payé notre chien. Je ne vous le paierai
jamais. Que désirez-vous?

164. Where is my book? I have lent it to thee. I will return
it to thee; I have lent it to my cousin. If you wish for it, he
will give it (to) you with much pleasure. He has not refused it
(to) us; he never refused (to) me what I have asked (to) him.
I would not recommend it to you, if you were not so modest.
Our neighbor has received many flowers; he will sell them to
us. I have seen two beautiful dogs; I will buy them for you.
We will not play to-day; the teacher has forbidden us (it to us).
What do you advise me?

165. le lui, *it to him*   le leur, *it to them*
    les lui, *them to him*   les leur, *them to them*

---

je le lui donne, *I give it to* je ne le lui donne pas, *I do not*
    him   give it to him
le lui donné-je? *do I give it to* ne le lui donné-je pas? *do I not*
    him?   give it to him?

---

la canne, *the cane*   promis, *promised*   voulu, *wished*

Vous m'avez vendu votre encrier, vous ne me l'avez pas
prêté. Je t'ai prêté mon livre, je ne te l'ai pas vendu. Il m'a
demandé mon canif; je ne le lui ai pas donné. Elle t'a demandé
ton crayon, pourquoi ne le lui as-tu pas donné? Si vous m'a-
viez demandé mon chien, je ne vous l'aurais pas refusé. Si
mes amis me demandent mon cheval, je ne le leur refusera

pas. Mon frère m'a demandé ma canne, je la lui donnerai. Vous m'avez promis votre oiseau, mais vous ne me l'avez pas donné. Si je te l'ai promis, je te le donnerai. Nous aurons aujourd'hui un nouveau cheval; notre père nous l'a promis. Mon ami donnera un petit chat à mes sœurs; il le leur a promis hier.

166. My son has asked me for a horse; I will not refuse it (to) him. We shall have a new inkstand to-day; my mother has promised it to me. The gardener's child has asked you for the knife; why have you not lent it to him? My friends have asked you for this book; why have you not lent it to them? Where are John's boots? At the shoemaker's; the servant will bring them to him in an hour. Who has given a present to the children? My aunt has given it to them.

167. la cuiller, *or* cuillère, *the spoon*   la soie, *the silk*
    la prune, *the plum*   lire, *to read*

Où est mon encrier? Me le rendez-vous? Où est mon livre? Me l'avez-vous rendu? As-tu vu mon chapeau de soie? Te l'ai-je montré? Ton père a voulu lire ton livre; le lui as-tu donné? Nous avons acheté un joli canif chez le libraire; nous l'a-t-il envoyé? Ces messieurs demandent votre cheval; le leur avez-vous promis? Si François avait une canne, te la prêterait-il? Où est le chapeau de ma sœur? Le lui avez-vous envoyé? Vous demandez pourquoi j'ai pris votre couteau; ne me l'avez-vous pas vendu? Cet enfant salit son habit; pourquoi ne le lui défendez-vous pas? Je vous ai vendu une douzaine de fourchettes et trois douzaines de cuillers; ne me les paierez-vous pas? Tu as vendu à cette dame une corbeille de prunes; ne te les paiera-t-elle pas? Ma mère a acheté une robe de soie pour ma sœur.

168. Where is my hat? I gave (have given) it to thee yesterday. Thou hast refused it to me. You had a beautiful dog; you have sold him to us. These children have a beautiful book. I have given it to them. He has lent the book to him, he has not sold it to him. You have not promised it to us. These children have begged a book of (to) me, I have not given it to them. Why do you not give us the inkstand? Have I not promised it to you? You have not promised it to us. If I had promised it to you, I would also give it to you. Why do you not pay me?

169.

donnez-moi, *give (to) me*	ne me donnez pas, *do not give (to) me*
donnez-le-moi, *give it to me*	ne me le donnez pas, *do not give it to me*
donnez-lui, *give to him, to her*	ne lui donnez pas, *do not give to him, to her*
donnez-le-lui, *give it to him, to her*	ne le lui donnez pas, *do not give it to him, to her*

Vous avez un beau canif; donnez-le-moi. Rendez-moi le canif que je vous ai prêté. Je vous ai prêté deux plumes; rendez-les-moi. Mon frère a demandé votre crayon; donnez-le-lui. Vous avez pris la canne de mon cousin; rendez-la-lui. Vous avez acheté des prunes chez cette femme; payez-les-lui. Vous avez une belle montre; montrez-la- nous. Cet enfant est méchant; punissez-le. Cette femme est très-pauvre; donnez-lui un morceau de pain. Vos parents sont vos meilleurs amis; aimez-les toujours. Ce canif n'est pas bon; ne l'achetez pas. Ma canne est perdue; ne la cherchez plus. C'est l'encrier de Guillaume; ne le lui rendez pas. Cet habit est très-beau; ne le salissez pas. Remplissez toujours vos devoirs; ne les oubliez jamais. Cette fille est très-sage; ne la punissez pas.

170. This apple is very good; eat it. This plum is not good; do not eat it. This book is very useful; lend it to me. Do not lend it to him. Have you found your stockings? look for them. Do not look for them. Your father is your best friend; obey (to) him always; love him; never forget him. These horses are very beautiful; sell them to me. These flowers belong to my sister; give them back to her. These fruits belong to the children of our neighbor; give them back to them. Do not eat them.

171.   Reflective Verb.   Indicative Present.

Affirmatively.

se laver, *to wash one's self*
je me lave, *I wash myself*
tu te laves, *thou washest thyself*
il se lave, *he washes himself*
elle se lave, *she washes herself*
nous nous lavons, *we wash ourselves*
vous vous lavez, *you wash yourselves*
ils se lavent, *they wash themselves*
elles se lavent, *they wash themselves*

Interrogatively.

me lavé-je? *do I wash myself?*
te laves-tu? *dost thou wash thyself?*
se lave-t-il? *does he wash himself*
se lave-t-elle? *does she wash herself?*
nous lavons-nous? *do we wash ourselves?*
vous lavez-vous? *do you wash yourselves?*
se lavent-ils? *do they wash themselves?*
se lavent-elles? *do they wash themselves?*

Negatively.

je ne me lave pas, *I do not wash myself*
tu ne te laves pas, *thou dost not wash thyself*
il ne se lave pas, *he does not wash himself*
elle ne se lave pas, *she does not wash herself*
nous ne nous lavons pas, *we do not wash ourselves*
vous ne vous lavez pas, *you do not wash yourselves*
ils ne se lavent pas, *they do not wash themselves*
elles ne se lavent pas, *they do not wash themselves*

Negatively and Interrogatively.

ne me lavé-je pas? *do I not wash myself?*
ne te laves-tu pas? *dost thou not wash thyself?*
ne se lave-t-il pas? *does he not wash himself?*
ne se lave-t-elle pas? *does she not wash herself?*
ne nous lavons-nous pas? *do we not wash ourselves!*
ne vous lavez-vous pas? *do you not wash yourselves.'*
ne se lavent-ils pas? *do they not wash themselves?*
ne se lavent-elles pas? *do they not wash themselves?*

se tromper, *to deceive one's* se réjouir, *to rejoice, to be re-*
self, *to be mistaken*   joiced
se porter, *to carry one's self,* se promener, *to walk, take a*
to be   walk
se porter bien, *to be well* se reposer, *to rest*
s'amuser, *to be amused* se hâter, *to make haste, to hurry*
s'habiller, *to dress one's self* s'appeler, *to be called, to be*
s'affliger, *to grieve*   named
se coucher, *to go to bed* se lever, *to rise, get up*

---

la mort, *death*   la journée, *the day*

Comment se porte monsieur votre père? *or,* Comment
monsieur votre père se porte-t-il? Il se porte très-bien, depuis
qu'il est à la campagne. Et vous, comment vous portez-vous?
Je me porte toujours bien. Mes sœurs ne se portent pas bien.
Que faites-vous? Je m'habille. Vous habillerez-vous aussi?
Nous nous habillerons plus tard. Charles, ne te laveras-tu pas
aujourd'hui? Je me laverai dans un moment. Mon oncle arrivera ce soir; nous nous amuserons bien. Hâtez-vous, il est
très-tard. Je me réjouis de vous trouver. J'aime celui qui se
réjouit du bonheur de ses amis. Pourquoi vous affligez-vous?
Je m'afflige de la mort de mon cousin. A quelle heure vous
levez-vous ordinairement? Je me lève toujours à six heures, et
je me couche à neuf heures. Mon frère se lèvera demain à trois
heures; il partira pour Baltimore. Nous nous levons plus tard
que vous. Autrefois nous ne nous levions pas si tard. Si vous
avez fini votre thème, nous nous promènerons un peu. Vous
vous promenez toute la journée. Venez ici, reposez-vous un peu.
Comment s appelle ce jeune homme? Il s'appelle Henri. Et
vous, comment vous appelez-vous? Je m'appelle Godefroi.

172. How does (Mrs.) your mother do? She is very ill.
How do your brothers do? They are very well. At what hour
does (Mr.) your father go to bed? He goes to bed at ten
o'clock, and rises at five. At what hour will your sisters rise
to-morrow? They will rise at seven o'clock. My brother goes

to bed later than I. Why does your uncle rise so late? We will rest a little. When you have (shall have) written your exercise, we will take a walk. I walk every day in my aunt's garden. What is your neighbor called? What is your friend called? And you, what are you called? I am named William. My father and mother are rejoiced to see you. I am rejoiced to find that you are happy. I love him *(celui)* who rejoices when his friend is praised (when one praises his friend). What are you doing, Henry? I am dressing (myself). Will the children wash (themselves)? They will wash (themselves) in an hour. Has my brother come with Mr. Green? You are mistaken, your brother will not come *(ne viendra pas)* to-day. I will make haste and finish (make haste to finish) my exercise. At what hour does your uncle go to bed? He goes to bed at ten o'clock.

173.

Affirmatively.

je me suis lavé, *I have washed, did wash myself*
tu t'es lavé, *thou hast washed thyself*
il s'est lavé, *he has washed himself*
nous nous sommes lavés, *we have washed ourselves*
vous vous êtes lavés, *you have washed yourselves*
ils se sont lavés, *they have washed themselves*

Interrogatively.

me suis-je lavé? *have I washed myself?*
t'es-tu lavé? *hast thou washed thyself?*
s'est-il lavé? *has he washed himself?*
nous sommes-nous lavés? *have we washed ourselves?*
vous êtes-vous lavés? *have you washed yourselves?*
se sont-ils lavés? *have they washed themselves?*

Negatively.

je ne me suis pas lavé, *I have not washed myself*
tu ne t'es pas lavé, *thou hast not washed thyself*
il ne s'est pas lavé, *he has not washed himself*
nous ne nous sommes pas lavés, *we have not washed ourselves*
vous ne vous êtes pas lavés, *you have not washed yourselves*
ils ne se sont pas lavés, *they have not washed themselves*

Negatively and Interrogatively.

ne me suis-je pas lavé ? *have I not washed myself ?*
ne t'es-tu pas lavé ? *hast thou not washed thyself ?*
ne s'est-il pas lavé ? *has he not washed himself ?*
ne nous sommes-nous pas lavés? *have we not washed ourselves?*
ne vous êtes-vous pas lavés ? *have you not washed yourselves?*
ne se sont-ils pas lavés? *have they not washed themselves ?*

_____

je me suis couché hier soir   *I went to bed at ten o'clock last*
   à dix heures,   *night*
je me suis bien amusé samedi, *I was much amused on Saturday*

     toute la matinée, *all the morning*
     toute la soirée, *all the evening*
     tant, *so much*
     dans peu de temps, *in a little time*

J'ai vu hier votre frère. Vous vous êtes trompé, mon frère n'est plus ici. Je ne me suis pas trompé, je lui ai parlé. A quelle heure vous êtes-vous couchés hier ? Nous nous sommes couchés à onze heures et demie. Mon frère ne s'est pas encore levé. Où avez-vous été ? Je me suis promené toute la matinée. Je me reposerai un peu. Tes sœurs ne s'étaient pas encore habillées, lorsque nous sommes venus. Pourquoi ne vous êtes-vous pas encore lavé? Je me serais lavé, si j'avais eu de l'eau. Nous avons été à la campagne la semaine dernière, nous nous sommes bien amusés. Mon voisin est très-malade; il s'est trop affligé du malheur de son fils. Faites votre thème; hâtez-vous un peu; nous nous promènerons plus tard. Réjouissez-vous, mes enfants, votre oncle arrivera ce soir.

174. Have you not yet asked him for it (it to him) ? You went to bed that evening at eight o'clock; you always get up late. Charles dresses (himself) quickly. Thou hast not yet washed (thyself). He who gets up late, will never be well. Who has lost his book? Have you lost it, Charles ? You are mistaken; I never lose my books. Will you walk to-day ? My brother will walk to day with his teacher, because he has been very industrious. How do your sisters do ? Are they not

In (at) the country? I think that they are not very well.
Were you much amused yesterday? We are always much
amused (we amuse ourselves always well) when we are at our
aunt's. I am very tired, I shall go to bed in a little time.
Why do you make so much haste? It is not late yet; the
school has not yet begun.

175. en, *of him, of her, of it, of them*
en, *with him, with her, with it, with them, some, any*
y, *there, thither, within*
y, *to it, to them*

Avez-vous des pommes?	*Have you any apples?*
Oui, j'en ai.	*Yes, I have (some).*
Etes-vous content de cette plume?	*Are you satisfied with this pen?*
Oui, j'en suis content.	*Yes, I am (satisfied with it).*
Mon frère a-t-il parlé de cet homme?	*Has my brother spoken of that man?*
Oui, il en a parlé.	*Yes, he has (spoken of him).*

---

le concert, *the concert*	oui, *yes*
le théâtre, *the theater*	non, *no*

A-t-on parlé de mon malheur? Oui, on en a parlé. Etes-
vous content de ce livre? Oui, j'en suis content. Avons-nous
des plumes? Oui, nous en avons. Avez-vous du pain?. Oui,
j'en ai. Mon frère est-il au jardin? Non, il n'y est pas. Avez-
vous pensé à mon affaire? Non, je n'y ai pas pensé. Avez-
vous été au concert? Non, nous n'y avons pas été. Votre
frère a-t-il des oiseaux? Il en a beaucoup. A-t-il aussi des
fleurs? Il n'en a point. Combien de frères avez-vous? J'en
ai trois. Avez-vous aussi une sœur? Oui, j'en ai une. As-tu
reçu des lettres? J'en ai reçu une de mon père. Seras-tu ce
soir chez monsieur Monge? Je n'y serai pas. Avez-vous été
au théâtre? Nous n'y avons pas encore été.

176. Have you any fruit? Yes, I have (of it). Have you
also any friends? No, I have none (of them). Has your aunt
many children? She has seven (of them). Has your cousin

been to Rome? No, he has not been there. How many pens
hast thou? I have ten. Has thy sister written the letters?
She has written three. Is your cousin in your room? She
was (there); but she is no longer there. Have you any flowers?
Yes, we have (of them), but we do not give you any (of them).

177. m'en, *some to me*   nous en, *some to us*
     t'en, *some to thee*   vous en, *some to you*
     lui en, *some to him, to her* leur en, *some to them*

---

    il m'en donne, *he gives some to me*
    il lui en donne, *he gives some to him, to her, to it*

---

il y a, *there is, there are*
il y avait, *there was, there were*
il est arrivé quelque chose, *something has happened*

    arriver, *to happen* le monde, *people*

As-tu donné du pain au pauvre? Je lui en ai donné. Si tu
ne lui en as pas encore donné, il t'en demandera. Mon cousin
a beaucoup de fruits; il m'en donne tous les jours. T'en donne-
t-il aussi? Il nous en donne souvent. Il n'aime pas les enfants
du voisin; il ne leur en donne jamais. Vous avez été aujour-
d'hui au concert; je vous y ai vu. Y avez-vous vu mon oncle?
il y était aussi. Non, je ne l'y ai pas vu. Il y avait beaucoup
de monde. Je n'y ai jamais vu tant de monde. On dit qu'il
est arrivé un grand malheur. On en parle dans toute la ville.
Mon ami m'en a parlé aussi.

178. Have you been to Paris? I have never been there.
Has the teacher been to the church? He has not been there.
My father has four horses; my uncle has three (of them). How
many apples have you? I have two. I have many pears; I
will give some *(en)* to my sisters. The king has (is) arrived in
(à) Berlin; we have spoken to him. These pens are good;
buy a dozen of them. The queen gives money to the poor;
people often speak of it (one speaks often of it). Have you
any bread? Yes, I have.

179. **du** pain, *bread,* when *some* or *any bread* is meant
de bon pain, *good bread,* when *some* or *any good bread* is meant
de la viande, *meat, some* or *any meat*
de mauvaise viande, *bad meat, some* or *any bad meat*
des fleurs, *flowers, some* or *any flowers*
de belles fleurs, *beautiful flowers, some* or *any beautiful flowers*

de bon drap, *some good cloth* **de** bons fruits, *some good fruit*
du drap bleu, *some blue cloth* **des** fruits mûrs, *some ripe fruit*

Nous avons mangé de bons fruits. Vous avez bu de bonne eau, mais vous avez bu de mauvaise bière. Donnez-moi de bon papier. Ces messieurs ont de beaux jardins et de grandes maisons. Nous avons bu du vin excellent. La servante a acheté de bon sel, de bonne moutarde et de mauvais poivre. Charles a lu des livres français. Vous avez des chiens fidèles. Mon oncle a de beaux chevaux. Cette demoiselle a de bonnes amies, d'aimables frères et des livres utiles. Les Français ont toujours eu de bons généraux. Notre général a de braves soldats. Cette mère a des enfants très-appliqués. Nous avons acheté de très-belles fleurs.

180. Here is good paper and good ink. We have drunk bad wine and good beer. My uncle has beautiful gardens and large meadows. We have faithful friends and amiable brothers. This bookseller sells beautiful penknives. Our gardener has excellent fruit. My mother has purchased for me three pairs of black stockings. Give me better bread and better meat. Have you any good mustard? Have you any good bread? Yes, we have. Have you any good books? No, we have not. Do you sell white hats? Tell me what you sell; I will pay you well.

181. le savon, *the soap*   rouge, *red*
l'essuie-main *(m.), the towel*   chaud, *warm*
la patience, *the patience*   froid, *cold*
le poisson, *the fish*   apporter, *to bring*
l'étang *(m.), the pond*   souhaiter, *to wish*
rarement, *seldom · rarely*   seulement, *only*

Ce marchand vend du papier, de l'encre et des plumes. Apportez-moi de l'eau, du savon, et un essuie-main. Souhaitez-vous de l'eau chaude ou de l'eau froide? Je vous donnerai des pommes et des cerises, si vous êtes sages et appliqués. Mon frère a de bonne encre et de bon papier. Nous avons eu de beaux chiens. Tu as peu de patience, mon ami. Avez-vous acheté des crayons et des canifs? Mon voisin vend de bonnes plumes. Ma sœur a de jolis gants. Combien de livres français avez-vous? Il y a des poissons dans cet étang. Il y a beaucoup d'oiseaux dans notre jardin. Votre cousin a peu de livres et encore moins d'argent. Les bons maîtres aiment les bons écoliers. Votre frère parle toujours de bon vin et de bons fruits, mais rarement de belles estampes et de livres utiles.

182. Bring me some vinegar and oil, some knives and forks. Hast thou any good pens and ink? I have no good pens, but I have excellent ink. Thy paper is good. I have bought some very bad paper. Where did you find *or* buy (have you found) these beautiful towels? Our neighbor has bought some white linen, red cloth, black hats, and beautiful stockings. You are always speaking of dresses and of visiting *(de visites)*, but seldom of exercises and business. I do not like those who speak only of their amusements, and who never think of their duties.

SECOND PART.

PARADIGMS.

I. DECLENSION.

Singular.	Plural.
Nom. le père, *the father*	les pères, *the fathers*
Gen. du père, *of the father*	des pères, *of the fathers*
Dat. au père, *to the father*	aux pères, *to the fathers*
Acc. le père, *the father*	les pères, *the fathers*
Nom. la mère, *the mother*	les mères, *the mothers*
Gen. de la mère, *of the mother*	des mères, *of the mothers*
Dat. à la mère, *to the mother*	aux mères, *to the mothers*
Acc. la mère, *the mother*	les mères, *the mothers*
Nom. l'ami, *the friend*	les amis, *the friends*
Gen. de l'ami, *of the friend*	des amis, *of the friends*
Dat. à l'ami, *to the friend*	aux amis, *to the friends*
Acc. l'ami, *the friend*	les amis, *the friends*
Nom. mon frère, *my brother*	mes frères, *my brothers*
Gen. de mon frère, *of my brother*	de mes frères, *of my brothers*
Dat. à mon frère, *to my brother*	à mes frères, *to my brothers*
Acc. mon frère, *my brother*	mes frères, *my brothers*
Nom. un jardin, *a garden*	
Gen. d'un jardin, *of a garden*	
Dat. à un jardin, *to a garden*	
Acc. un jardin, *a garden*	
Nom. une maison, *a house*	
Gen. d'une maison, *of a house*	
Dat. à une maison, *to a house*	
Acc. une maison, *a house*	

II. CONJUGATION.
avoir, *to have;* eu, *had*

Present Tense.	Future Tense.
j'ai, *I have*	j'aurai, *I shall have*
tu as, *thou hast*	tu auras, *thou wilt have*
il a, *he has*	il aura, *he will have*
nous avons, *we have*	nous aurons, *we shall have*
vous avez, *you have*	vous aurez, *you will have*
ils ont, *they have*	ils auront, *they will have*

Imperfect Tense.	Conditional.
j'avais, *I had*	j'aurais, *I should have*
tu avais, *thou hadst*	tu aurais, *thou wouldst have*
il avait, *he had*	il aurait, *he would have*
nous avions, *we had*	nous aurions, *we should have*
vous aviez, *you had*	vous auriez, *you would have*
ils avaient, *they had*	ils auraient, *they would have*

Compound Tenses.

j'ai eu, *I have had*	j'aurai eu, *I shall have had*
j'avais eu, *I had had*	j'aurais eu, *I should have had*

être, *to be;* été, *been*

Present Tense.	Future Tense.
je suis, *I am*	je serai, *I shall be*
tu es, *thou art*	tu seras, *thou wilt be*
il est, *he is*	il sera, *he will be*
nous sommes, *we are*	nous serons, *we shall be*
vous êtes, *you are*	vous serez, *you will be*
ils sont, *they are*	ils seront, *they will be*

Imperfect Tense.	Conditional.
j'étais, *I was*	je serais, *I should be*
tu étais, *thou wast*	tu serais, *thou wouldst be*
il était, *he was*	il serait, *he would be*
nous étions, *we were*	nous serions, *we should be*
vous étiez, *you were*	vous seriez, *you would be*
ils étaient, *they were*	ils seraient, *they would be*

Compound Tenses.

j'ai été, *I have been*	j'aurai été, *I shall have been*
j'avais été. *I had been*	j'aurais été, *I should have been*

parler, *to speak;* parlé, *spoken*

Present Tense.	Future Tense.
je parle, *I speak*	je parlerai, *I shall speak*
tu parles, *thou speakest*	tu parleras, *thou wilt speak*
il parle, *he speaks*	il parlera, *he will speak*
nous parlons, *we speak*	nous parlerons, *we shall speak*
vous parlez, *you speak*	vous parlerez, *you will speak*
ils parlent, *they speak*	ils parleront, *they will speak*

Imperfect Tense.	Conditional.
je parlais, *I spoke*	je parlerais, *I should speak*
tu parlais, *thou spokest*	tu parlerais, *thou wouldst &c.*
il parlait, *he spoke*	il parlerait, *he would &c.*
nous parlions, *we spoke*	nous parlerions, *we should &c.*
vous parliez, *you spoke*	vous parleriez, *you would &c.*
ils parlaient, *they spoke*	ils parleraient, *they would &c.*

Compound Tenses.

j'ai parlé, *I have spoken* j'aurai parlé, *I shall have spoken*
j'avais parlé, *I had spoken* j'aurais parlé, *I should have spoken*

finir, *to finish;* fini, *finished*

Present Tense.	Future Tense.
je finis, *I finish*	je finirai, *I shall finish*
tu finis, *thou finishest*	tu finiras, *thou wilt finish*
il finit, *he finishes*	il finira, *he will finish*
nous finissons, *we finish*	nous finirons, *we shall finish*
vous finissez, *you finish*	vous finirez, *you will finish*
ils finissent, *they finish*	ils finiront, *they will finish*

Imperfect Tense.	Conditional.
je finissais, *I finished*	je finirais, *I should finish*
tu finissais, *thou finishedst*	tu finirais, *thou wouldst finish*
il finissait, *he finished*	il finirait, *he would finish*
nous finissions, *we finished*	nous finirions, *we should finish*
vous finissiez, *you finished*	vous finiriez, *you would finish*
ils finissaient, *they finished*	ils finiraient, *they would finish*

Compound Tenses.

j'ai fini, *I have finished* j'aurai fini, *I shall have finished*
j'avais fini, *I had finished* j'aurais fini, *I should have finished*

vendre, *to sell;* vendu, *sold*

Present Tense.

jo vends, *I sell*
tu vends, *thou sellest*
il vend, *he sells*
nous vendous, *we sell*
vous vendez, *you sell*
ils vendent, *they sell*

Future Tense.

je vendrai, *I shall sell*
tu vendras, *thou wilt sell*
il vendra, *he will sell*
nous vendrons, *we shall sell*
vous vendrez, *you will sell*
ils vendront, *they will sell*

Imperfect Tense.

je vendais, *I sold*
tu vendais, *thou soldst*
il vendait, *he sold*
nous vendions, *we sold*
vous vendiez, *you sold*
ils vendaient, *they sold*

Conditional.

je vendrais, *I should sell*
tu vendrais, *thou wouldst sell*
il vendrait, *he would sell*
nous vendrions, *we should sell*
vous vendriez, *you would sell*
ils vendraient, *they would sell*

Compound Tenses.

j'ai vendu, *I have soid*
j'avais vendu, *I had sold*

j'aurai vendu, *I shall have sold*
j'aurais vendu, *I should have sold*

acheter, *to buy;* acheté, *bought*

Present Tense.

j'achète, *I buy*
tu achètes, *thou buyest*
il achète, *he buys*
nous achetons, *we buy*
vous achetez, *you buy*
ils achètent, *they buy*

Future Tense.

j'achèterai, *I shall buy*
tu achèteras, *thou wilt buy*
il achètera, *he will buy*
nous achèterons, *we shall buy*
vous achèterez, *you will buy*
ils achèteront, *they will buy*

Imperfect Tense.

j'achetais, *I bought*
tu achetais, *thou boughtest*
il achetait, *he bought*
nous achetions, *we bought*
vous achetiez, *you bought*
ils achetaient, *they bought*

Conditional.

j'achèterais, *I should buy*
tu achèterais, *thou wouldst buy*
il achèterait, *he would buy*
nous achèterions, *we should buy*
vous achèteriez, *you would buy*
ils achèteraient, *they would buy*

Compound Tenses.

j'ai acheté, *I have bought*
j'avais acheté, *I had bought*

j'aurai acheté, *I shall have bought*
j'aurais acheté, *I should have &c.*

appeler, *to call;* appelé, *called*

Present Tense.	**Future Tense.**
j'appelle, *I call*	j'appellerai, *I shall call*
tu appelles, *thou callest*	tu appelleras, *thou wilt call*
il appelle, *he calls*	il appellera, *he will call*
nous appelons, *we call*	nous appellerons, *we shall call*
vous appelez, *you call*	vous appellerez, *you will call*
ils appellent, *they call*	ils appelleront, *they will call*
Imperfect Tense.	**Conditional.**
j'appelais, *I called*	j'appellerais, *I should call*
tu appelais, *thou calledst*	tu appellerais, *thou wouldst call*
il appelait, *he called*	il appellerait, *he would call*
nous appelions, *we called*	nous appellerions, *we should call*
vous appeliez, *you called*	vous appelleriez, *you would call*
ils appelaient, *they called*	ils appelleraient, *they would call*

Compound Tenses.

j'ai appelé, *I have called*	j'aurai appelé, *I shall have called*
j'avais appelé, *I had called*	j'aurais appelé, *I should have &c.*

régler, *to rule;* réglé, *ruled*

Present Tense.	**Future Tense.**
je règle, *I rule*	je réglerai, *I shall rule*
tu règles, *thou rulest*	tu régleras, *thou wilt rule*
il règle, *he rules*	il réglera, *he will rule*
nous réglons, *we rule*	nous réglerons, *we shall rule*
vous réglez, *you rule*	vous réglerez, *you will rule*
ils règlent, *they rule*	ils régleront, *they will rule*
Imperfect Tense.	**Conditional.**
je réglais, *I ruled*	je réglerais, *I should rule*
tu réglais, *thou ruledst*	tu réglerais, *thou wouldst rule*
il réglait, *he ruled*	il réglerait, *he would rule*
nous réglions, *we ruled*	nous réglerious, *we should rule*
vous réglez, *you ruled*	vous régleriez, *you would rule*
ils réglaient, *they ruled*	ils régleraient, *they would rule*

Compound Tenses.

j'ai réglé, *I have ruled*	j'aurai réglé, *I shall have ruled*
j'avais réglé, *I had ruled*	j'aurais réglé, *I should &c.*

employer, *to employ;* employé, *employed*

Present Tense.
j'emploie, *I employ*
tu emploies, *thou employest*
il emploie, *he employs*
nous employons, *we employ*
vous employez, *you employ*
ils emploient, *they employ*

Future Tense.
j'emploierai, *I shall employ*
tu emploieras, *thou wilt &c.*
il emploiera, *he will &c.*
nous emploierons, *we shall &c.*
vous emploierez, *you will &c.*
ils emploieront, *they will &c.*

Imperfect Tense.
j'employais, *I employed*
tu employais, *thou employedst*
il employait, *he employed*
nous employions, *we employed*
vous employiez, *you employed*
ils employaient, *they employed*

Conditional.
j'emploierais, *I should employ*
tu emploierais, *thou wouldst &c.*
il emploierait, *he would &c.*
nous emploierions, *we should &c.*
vous emploieriez, *you would &c.*
ils emploieraient, *they would &c.*

Compound Tenses.
j'ai employé, *I have employed*
j'avais employé, *I had &c.*

j'aurai employé, *I shall have &c.*
j'aurais employé, *I should have &c.*

placer, *to place;* placé, *placed*

Present Tense.
je place, *I place*
tu places, *thou placest*
il place, *he places*
nous plaçons, *we place*
vous placez, *you place*
ils placent, *they place*

Future Tense.
je placerai, *I shall place*
tu placeras, *thou wilt place*
il placera, *he will place*
nous placerons, *we shall place*
vous placerez, *you will place*
ils placeront, *they will place*

Imperfect Tense.
je plaçais, *I placed*
tu plaçais, *thou placedst*
il plaçait, *he placed*
nous placions, *we placed*
vous placiez, *you placed*
ils plaçaient, *they placed*

Conditional.
je placerais, *I should place*
tu placerais, *thou wouldst place*
il placerait, *he would place*
nous placerions, *we should place*
vous placeriez, *you would place*
ils placeraient, *they would place*

Compound Tenses.
j'ai placé, *I have placed*
j'avais placé, *I had placed*

j'aurai placé, *I shall have placed*
j'aurais placé, *I should have &c.*

manger, *to eat;* mangé, *eaten*

Present Tense.	**Future Tense.**
Je mange, *I eat*	je mangerai, *I shall eat*
tu manges, *thou eatest*	tu mangeras, *thou wilt eat*
il mange, *he eats*	il mangera, *he will eat*
nous mangeons, *we eat*	nous mangerons, *we shall eat*
vous mangez, *you eat*	vous mangerez, *you will eat*
ils mangent, *they eat*	ils mangeront, *they will eat*

Imperfect Tense.	**Conditional.**
je mangeais, *I ate*	je mangerais, *I should eat*
tu mangeais, *thou atest*	tu mangerais, *thou wouldst eat*
il mangeait, *he ate*	il mangerait, *he would eat*
nous mangions, *we ate*	nous mangerions, *we should eat*
vous mangiez, *you ate*	vous mangeriez, *you would eat*
ils mangeaient, *they ate*	ils mangeraient, *they would eat*

Compound Tenses.

j'ai mangé, *I have eaten* j'aurai mangé, *I shall have eaten*
j'avais mangé, *I had eaten* j'aurais mangé, *I should have &c.*

se tromper, *to be mistaken*

Present Tense.

je me trompe, *I am mistaken*
tu te trompes, *thou art mistaken*
il se trompe, *he is mistaken*
nous nous trompons, *we are mistaken*
vous vous trompez, *you are mistaken*
ils se trompent, *they are mistaken*

Imperfect Tense.

je me trompais, *I was mistaken*
tu te trompais, *thou wast mistaken*
il se trompait, *he was mistaken*
nous nous trompions, *we were mistaken*
vous vous trompiez, *you were mistaken*
ils se trompaient, *they were mistaken*

Future Tense.

Je me tromperai, *I shall be mistaken*
tu te tromperas, *thou wilt be mistaken*
il se trompera, *he will be mistaken*
nous nous tromperons, *we shall be mistaken*
vous vous tromperez, *you will be mistaken*
ils se tromperont, *they will be mistaken*

Conditional.

je me tromperais, *I should be mistaken*
tu te tromperais, *thou wouldst be mistaken*
il se tromperait, *he would be mistaken*
nous nous tromperions, *we should be mistaken*
vous vous tromperiez, *you would be mistaken*
ils se tromperaient, *they would be mistaken*

Compound Tenses.

je me suis trompé, *I have been mistaken*
je m'étais trompé, *I had been mistaken*
je me serai trompé, *I shall have been mistaken*
je me serais trompé, *I should have been mistaken*

Write the following exercises in all tenses:

je l'ai, *I have it*
je ne l'ai pas, *I have it not*
l'ai-je? *do I have it?*
ne l'ai-je pas? *do I not have it?*
je le cherche, *I look for it*
je ne le cherche pas, *I do not look for it*
je lui donne, *I give him*
je ne lui donne pas, *I do not give him*
je le lui prête, *I lend it him*
je ne le lui prête pas, *I do not lend it him*
j'en parle, *I speak of it*
je n'en parle pas, *I do not speak of it*

THIRD PART.

VOCABULARIES.

Note. The plural of French nouns is added only when irregular; adjectives whose feminiue differs from the masculine, are always given *in full.*

---

1. FRENCH AND ENGLISH VOCABULARY

containing all French words occurring in this book, with their meanings, but only as used in the French Exercises.

A.

a, *has*

à, *to, at, in;* à la modo, *in the fashion, fashionable;* à présent, *now*

aboyer, *to bark*

achcté, *bought*

acheter, *to buy*

achever, *to complete, end*

actif, active, *active*

Adolphe, *Adolphus*

l'affaire (f.), *the business, work*

s'affliger, *to grieve*

l'Afrique (f.), *Africa*

l'âge (m.), *the age*

agréable, agreeable, *pleasant*

(j')ai, *(I) have*

aimable, *amiable*

(il) aime, *(he) loves, likes*

(j')aime, *(I) love, like*

aimer, *to love, like*

allé, *gone*

allez, *go, are going*

l'âme (f.), *the soul*

l'Amérique (f.), *America*

l'ami (m.), *the friend*

l'amie (f.), *the friend*

l'amitié (f.), *the friendship*

s'amuser, *to be amused*

l'an (m.), *the year*

l'anglais, *English*

l'animal, les animaux (m.), *the animal*

l'année (f.), *the year,* chaque année, *every year*

l'année bissextile (f.), *leap-year*

Août (m.), *August (month)*

appeler, *to call, name;* s'appelle, *is called;* s'appeler, *to be called, to be named*

l'appétit (m.), *the appetite*

apporter, *to bring*

appliqué, appliquée; *diligent*

appris, *learnt*

après, *after*

l'arbre (m.), *the tree*

l'ardoise (f.), *the slate*

l'argent (m.), *the money, silver*

arrivé, arrivée; *arrived;* il est arrivé quelque chose, *something has happened*

arriver, *to happen*

arrosé, *watered*

as, *hast*

l'Asíe (f.), *Asia*

assez, *enough*

attendre, *to wait*

aujourd'hui, *to-day*

l'aune (f.), *the ell*

aussi, *also, as*

l'Australie (f.), *Australia*
autant, *as much, as many*
l'autre, *the other*
autrefois, *formerly*
autrement, *otherwise, differently*
avancer, *to advance*
avant, *before*
avec, *with*
(vous) avez, *(you) have*
(nous) avons, *(we) have*
Avril (m.), *April*

B.

le banquier, *the banker*
le bas, *the stocking*
bas, basse, *low*
bâtir, *to build*
battre, *to beat*
beau, bel, belle, *beautiful, fine*
beaucoup, *much, many*
le beurre, *the butter*
la bibliothèque, *the library*
bien, *well*
le bien, *the benefit, good, that which is right, the property, estate, fortune*
bientôt, *soon*
la bière, *the beer*
blâmer, *to blame*
blanc, blanche, *white*
la boîte, *the box*
bon, bonne, *good*
le bonheur, *(the) happiness*
les bontés (f.), *the kindness, good will*
la botte, *the boot*
le boulanger, *the baker*
le bouquet, *the nosegay*
la bouteille, *the bottle*
la brebis, *the sheep*
Bruxelles, *Brussels*
bu, *drunk*

C.

le cadeau, les cadeaux, *the present*
le café, *the coffee*
le cahier, *the copy-book*
la campagne, *the country*
le canif, *the penknife*

la canne, *the cane*
car, *for, as*
ce, cet, cette; ces; *this, that; these, those*
c'est, *that is, it is*
ce qui } *that which, which, what*
ce que }
ce sont, *these are, they are*
ceci, *this*
céder, *to cede, give, yield*
cela, *that*
célébrer, *to celebrate*
celui, celle; ceux, celles; *that, those*
celui-ci, celle-ci; ceux-ci, celles-ci; *this, these*
celui-là, celle-là; ceux-là, celles-là; *that, those*
cent, *a hundred*
cent un, *a hundred and one*
le, la centième, *the hundredth*
la cerise, *the cherry*
la chaise, *the chair*
la chambre, *the room*
changer, *to change, alter*
la chanson, *the song*
chanter, *to sing*   [bonnet
le chapeau, les chapeaux, *the hat,*
chaque année, *every year, each year*
le chat, *the cat*
le château, les châteaux, *the castle, country-seat*
chaud, chaude, *warm*
le chemin, *the way, road*
la chemise, *the shirt*
cher, chère, *dear; dearly*
cherché, *sought*
chercher, *to seek, look for*
le cheval, les chevaux, *the horse*
un cheveu, *a single hair*
les cheveux (m.), *the hair*
la chèvre, *the goat*
chez, *at the house of;* chez moi, *to or at my house;* chez le boulanger, *at the baker's;* chez mon frère, *to, at my brother's;* chez mon père, *at my father's*
le chien, *the dog*

le chocolat, *the chocolate*
choisir, *to choose*
Chrétien, *Christian*
cinq, *five*
cinquante, *fifty*
le, la cinquantième, *the fiftieth*
le, la cinquième, *the fifth*
le citron, *the lemon*
le coffre, *the box, trunk*
la colère, *anger*
combien? *how much, how many?*
commencer, *to begin*
comment? *how?*
le commerce, *trade, business*
le concert, *the concert*
connu, *known*
conseiller, *to advise, recommend*
content, contente; *contented, pleased*
contre, *against*
la corbeille, *the basket*
le cordonnier, *the shoemaker*
le corps, *the body*
corriger, *to correct*
se coucher, *to go to bed*
la couleur, *the color*
court, courte, *short*
le cousin, *the (male) cousin*
la cousine, *the (female) cousin*
le couteau, les couteaux, *the knife*
coûter, *to cost*
la cravate, *the cravat*
le crayon, *the pencil*
créé, *created*
(je) crois, *(I) believe*
cruel, cruelle, *cruel, fierce*
la cuiller ⎫
la cuillère ⎬ *the spoon*

D.

la dame, *the lady*
dans, *in;* dans peu de temps, *in a little time*
le dé, *the thimble*
Décembre (m.), *December*
le défaut, *the defect, fault*
défendre, *to defend, forbid*

déjà, *already*
demain, *to-morrow*
demander, *to demand, beg, ask, ask for*
demeurer, *to live, dwell*
demi, demie, *half*
demi-douzaine (f.), *half a dozen*
la demoiselle, *the young lady*
la dent, *the tooth*
depuis, *since, ago*
depuis quand? *since when, how long?*
le dernier, la dernière, *the last*
descendre, *to descend, come down*
désirer, *to desire, wish for*
deux, *two*
le devoir, *the duty*
Dieu, *God*
difficile, *difficult*
dimanche (m.), *Sunday*
dites, *say, tell*
dix, *ten*
dix-huit, *eighteen*
le, la dix-huitième, *the eighteenth*
le, la dixième, *the tenth*
dix-neuf, *nineteen*
le, la dix-neuvième, *the nineteenth*
dix-sept, *seventeen*
le, la dix-septième, *the seventeenth*
le domestique ⎫
la domestique ⎬ *the servant (m. f.)*
donné, *given*
donner, *to give*
donnez-moi, *give (to) me*
dormi, *slept*
doucement, *softly, gently, slowly*
doux, douce, *sweet, gentle*
la douzaine, *the dozen*
douze, *twelve*
le, la douzième, *the twelfth*
le drap, *the cloth;* de bon drap, *some good cloth;* du drap bleu, *some blue cloth*

E.

l'eau, les eaux (f.), *the water*
l'école (f.), *the school*
l'écolier (m.), *the scholar*

écouter, *to listen, listen to*
écrit, *written*
un écu, *a crown, dollar*
effacer, *to efface, strike out*
effrayer, *to frighten*
l'église (f.), the church
élevé, *educated*
élever, *to bring up, educate*
elle, *she, it;* elles, *they, them*
Emilie, *Emily*
employer, *to employ, spend*
en, *in; of him, of her, of it, of them,*
    with him, with her, with it, with them,
    some, any
encore, *still, yet, again*
l'encre (f.), *the ink;* de l'encre, *some*
    ink, any ink
l'encrier (m.), *the inkstand*
l'enfant (m. & f.), *the child;* des enfants,
    some children, any children
ensemble, *together*
entre, *between, among*
envers, *towards, to*
envoyé, *sent*
envoyer, *to send*
espérer, *to hope*
essayer, *to try*
l'essuie-main (m.), *the towel*
essuyer, *to wipe, dry up*
est, *is;* est à, *belongs to*
l'estampe (f.), *the engraving*
et, *and*   -
l'étang (m.), *the pond*
été, *been*
être, *to be*
l'étude (f.), *the study*
eu, *had*
l'Europe (f.), *Europe*
eux, *they, them*
exagérer, *to exaggerate*
excellent, excellente, *excellent*

F.

facile, *easy*
fait, *(he) makes; made, paid (of a*
    visit)

faites, *make, do*
la famille, *the family*
la farine, *the flour, meal*
la faute, *the fault, mistake*
faux, fausse, *false, treacherous, in-*
    sincere
la femme, *the woman*
le fer, *(the) iron*
la fête, *the feast, birthday*
le feu, les feux, *the fire*
Février (m.), *February*
fidèle, *faithful*
la fille, *the daughter, girl*
le fils, *the son*
fin, fine, *fine*
fini, *finished*
finir, *to finish*
la fleur, *the flower;* des fleurs, *some*
    flowers, any flowers; de belles fleurs,
    some beautiful flowers
la flûte, *the flute*
font, *make*
fort, forte, *strong*
la fortune, *the fortune*
la fourchette, *the fork*
frais, fraîche, *fresh, new*
le franc, *the franc, twenty cents*
le français, *French*
François, *Francis*
le frère, *the brother*
froid, froide, *cold*
le fromage, *the cheese*
le fruit, *the fruit;* de bons fruits, *some*
    good fruit; des fruits mûrs, *some*
    ripe fruit   -

G.

le gant, *the glove*
le général, les généraux, *the general*
Godefroi, *Godfrey*
grand, grande, *large, long, tall, great*
la grand'mère, *the grandmother*
gros, grosse, *large, coarse*
Guillaume, *William*
la guitare, *the guitar*

H.

s'habiller, *to dress one's self*
l'habit (m.), *the coat, dress, garment*
se hâter, *to make haste, to hurry*
haut, haute, *high*
Henri, *Henry*
l'heure (f.), *the hour, time of the day;*
   tout à l'heure, *presently, just now*
heureux, heureuse, *happy, fortunate*
hier, *yesterday*
l'homme (m.), *the man*
honnête, *honest*
l'huile (f.), *the oil*
huit, *eight*
le, la huitième, *the eighth*
l'humeur (f.), *the temper*
l'hyène (f.), *the hyena*

I.

ici, *here*
ignorant, ignorante, *ignorant*
il, *he, it;* il aime, *he loves, he likes;* il
   est arrivé quelque chose, *something
   has happened;* il fait, *he makes,* il
   trouve, *he finds;* il vend, *he sells*
il y a, *there is, there are*
il y avait, *there was, there were*
ils, *they*
immortel, immortelle, *immortal*
ingrat, ingrate, *ungrateful; unthankful*
l'innocence (f.), *innocence*
instruit, instruite, *learned*
intelligent, intelligente, *intelligent*

J.

le jambon, *the ham*
Janvier (m.), *January*
le jardin, *the garden*
le jardinier; *the gardener (m.)*
la jardinière, *the gardener (f.)*
je, *I;* j'ai, *I have;* j'ai raison, *I am
   right;* j'ai tort, *I am wrong;* j'aime,
   I love, I like; je parle, *I speak;* je
   pense à vous, *I think of you*
Jean, *John*
jeter, *to throw, throw away*

le jeu, les jeux, *the play, game*
jeudi (m.), *Thursday*
jeune, *young*
la jeunesse, *youth*
joli, jolie, *pretty*
jouer, *to play*
le jour, *the day*
la journée, *the day*
Juillet (m.), *July*
Juin (m.), *June*

L.

la, *the*
la, *her, it*
là, *there*
laborieux, laborieuse, *industrious*
le lait, *the milk*
la larme, *the tear*
las, lasse, *tired*
le latin, *Latin*
se laver, *to wash one's self*
le, *the*
le, *him, it*
le leur, *it to them*
le lui, *it to him*
les légumes (m.), *the vegetables*
les, *the, them*
les leur, *them to them*
les lui, *them to him*
la lettre, *the letter*
leur, leurs, *their*
le leur, la leur, les leurs, *theirs*
leur, *them, to them*
leur en, *some to them*
levé, *lifted, raised*
lever, *to lift, raise;* se lever, *to rise
   get up*
le libraire, *the bookseller*
la ligne, *the line*
le lion, *the lion*
lire, *to read*
le livre, *the book*
la livre, *the pound*
la loi, *the law*
Londres, *London*
long, longue, *long*

lorsque, *when, at the time when*
louer, *to praise*
Louis, *Louis*
Louise, *Louisa*
lourd, lourde, *heavy*
lu, *read*
lui, *he, him; to him, to her, to it*
lui en, *some to him, to her, to it*
lundi (m.), *Monday*
la lune, *the moon*

M.

madame, *Mrs.;* mesdames, *Mesdames*
mademoiselle, *Miss;* mesdemoiselles,
  Misses
Mai (m.), *May*
la main, *the hand*
mais, *but*
la maison, *the house*
le maître, *the master*
le mal, les maux, *the evil*
malade, *sick, ill*
le malheur, *(the) misfortune*
malheureux, malheureuse, *unhappy,*
  unfortunate
la malle, *the box, trunk*
mangé, *eaten*
manger, *to eat*
le marchand, *the tradesman*
mardi (m.), *Tuesday*
Marie, *Mary*
Mars (m.), *March*
Mathilde, *Matilda*
le matin, *the morning*
la matinée, *the morning*
mauvais, mauvaise, *bad*
me, *me, to me*   m'en, *some to me*
me le, *it to me*
me les, *them to me*
méchant, méchante, *naughty*
le médecin, *the physician*
meilleur, meilleure, *better;* le meilleur,
  la meilleure, *the best;* le meilleur
  homme de la ville, *the best man in*
  town
le même, la même, les mêmes, *the same*

mener, *to lead, guide, bring*
le menuisier, *the joiner*
mercredi (m.), *Wednesday*
la mère, *the mother;* mon père et ma
  mère, *my parents*
le métal, les métaux, *the metal*
midi (m.), *midday, noon;* midi et demi, *half past twelve*
le mien, la mienne; les miens, les
  miennes, *mine*
mieux, *better*
le, la millième, *the thousandth*
minuit (m.), *midnight*
la minute, *the minute*
mis, *put, laid*
la mode, *the fashion;* à la mode, *in*
  the fashion, fashionable
modérer, *to moderate*
modeste, *modest*
moi, *I, me*
le moineau, les moineaux, *the sparrow*
moins, *less, fewer*
le mois, *the month*
le moment, *the moment*
mon, ma, mes, *my*
le monde, *the world, people*
monsieur, *Mr.,* messieurs, *Messrs.;*
  ce monsieur, *this gentleman*
la montagne, *the mountain*
la montre, *the watch*
montrer, *to show*
le morceau, les morceaux, *the piece*
mordre, *to bite*
la mort, *death*
mortel, mortelle, *mortal*
le mot, *the word*
le mouchoir, *the pocket-handkerchief*
la moutarde, *the mustard*
mûr, mûre, *ripe*

N.

ne..jamais, *not ever, never;* ne..pas,
  not, no; ne..plus, *not more, no*
  more, no longer; ne..point, *not at*
  all, no
le négociant, *the merchant*

nettoyer, *to clean*
neuf, neuve, *new*
neuf, *nine*
le, la neuvième, *the ninth*
noir, noire, *black*
le nombre, *the number*
non, *no*
notre, nos, *our*
le nôtre, la nôtre; les nôtres, *ours*
nous, *we, us, to us*
nous en, *some to us*
nous le, *it to us*
nous les, *them to us*
nouveau, nouvel, nouvelle, *new*
Novembre (m.), *November*
la nuit, *the night*

O.

obéir, *to obey*
Octobre (m.), *October*
l'oiseau, les oiseaux (m.), *the bird*
on, *one, people*
l'oncle (m.), *the uncle*
onze, *eleven*
le, la onzième, *the eleventh*
ordinairement, *usually*
ou, *or*
où? *where?*
oublier, *to forget*
oui, *yes*

P.

la page, *the page*
le pain; *the bread;* du pain, *some bread,*
de bon pain, *some good bread*
la paire, *the pair*
le papier, *the paper*
parce que, *because*
les parents (m.), *the relatives;* mes
parents, *my parents*
paresseux, paresseuse, *idle*
(je) parle, *(I) speak*
parlé, *spoken*
parler, *to speak*
partager, *to share, divide*
parti, partie, *gone away, set out, de-*
parted, started

la partie, *the part*
pas de, *no*
la passion, *love, affection*
la patience, *the patience*
pauvre, *poor*
payer, *to pay, pay for*
pendant, *during*
penser, *to think;* je pense à vous, *I*
think of you
perdre, *to lose*
perdu, *lost*
le père, *the father;* mon père et ma
mère, *my parents*
personne..ne, *no one*
petit, petite, *small, short, little*
peu, *little, few*
le peuple, *the people*
Philadelphie, *Philadelphia*
la pierre, *the stone*
la place, *the place*
placer, *to put, place, lay*
le plaisir, *the pleasure*
la plante, *the plant*
pleuré, *cried, wept*
pleurer, *to cry, weep*
la plume, *the pen*
la plupart, *the greater part*
plus, *more*
la poire, *the pear*
le poisson, *the fish*
le poivre, *the pepper*
la pomme, *the apple;* des pommes,
some apples, any apples
la porte, *the door*
porter; *to carry, wear;* se porter, *(to*
carry one's self), to be; se porter
bien, *to be well*
posséder, *to possess*
pour, *for*
pourquoi? *why?*
la prairie, *the meadow*
préférer, *to prefer*
le premier, la première, *the first*
à présent, *now*
prêté, *lent*
prêter, *to lend*

pris, *taken*
le prix, *the price*
se promener, *to walk, take a walk*
(tu) promets, *(thou) promisest*
promis. *promised*
promptement, *quickly*
prononcer, *to pronounce*
propre, *proper, clean, neat*
protéger, *to protect*
la prune, *the plum*
punir, *to punish*

Q.

la qualité, *the quality*
quand, *when*
quarante, *forty*
le, la quarantième, *the fortieth*
le quart, *the quarter*
quatorze, *fourteen*
le, la quatorzième, *the fourteenth*
quatre, *four*
quatre-vingts, *eighty*
le, la quatre-vingtième, *the eightieth*
quatre-vingt-dix, *ninety*
le, la quatre-vingt-dixième, *the ninetieth*
quatre-vingt-un, *eighty-one*
le, la quatrième, *the fourth*
que? *what?*
que, *that, than, as; whom, which, that*
quel, quelle, quels, quelles, *which, what*
qui, *who, which, that; who?*
le quintal, les quintaux, *the hundredweight*
quinze, *fifteen;* quinze jours, *a fortnight*
le, la quinzième, *the fifteenth*

R.

raison, *right;* j'ai raison, *I am right*
raisonnable, *reasonable*
le rameau, les rameaux, *the branch*
rarement, *seldom, rarely*
reçu, *received*
refuser, *to refuse*

régler, *to rule, settle*
la reine, *the queen*
se réjouir, *to rejoice, to be rejoiced*
remplir, *to fill, fulfill, do*
rendre, *to give back, to restore*
rendu, *paid (of a visit)*
répondre, *to answer, reply*
se reposer, *to rest*
resté, *remained, stayed, stayed behind*
retourner, *to return, go back*
revenu, *returned,*
riche, *rich*
rien .ne, *nothing*
rincer, *to rinse*
la robe, *the gown, dress*
le roi, *the king*
la rose, *the rose*
rouge, *red*
le ruban, *the ribbon*

S.

sage, *wise, good (as to conduct)*
salir, *to soil, dirty*
la salle, *the room*
samedi (m.), *Saturday*
s'appelle, *is called*
le savon, *the soap*
se, *himself, herself, itself; themselves, one another*
sec, sèche, *dry*
le second, la seconde, *the second*
la seconde, *the second (of time)*
seize, *sixteen*
le, la seizième, *the sixteenth*
le sel, *the salt*
la semaine, *the week*
sensé, sensée, *sensible*
sept, *seven*
Septembre (m.), *September*
le, la septième, *the seventh*
la servante, *the maid-servant*
seulement, *only*
si, *so, if*
s'il vous plaît, *if you please*
si..ne, *if not, unless*

le sien, la sienne, les siens, les siennes, *his*
six, *six*
le, la sixième, *the sixth*
la sœur, *the sister*
la soie, *the silk*
le soir, *the evening*
la soirée, *the evening;* toute la soirée,
all the evening
soixante, *sixty*
soixante et dix, *seventy*
soixante et onze, *seventy-one*
soixante-douze, *seventy-two*
le, la soixantième, *the sixtieth*
le, la soixante-dixième, *the seventieth*
le soldat, *the soldier*
le soleil, *the sun*
son, sa, ses; *his, her, its*
sont, *are;* sont à, *belong to (are to)*
sorti, sortie, *gone out*
souhaiter, *to wish*
le soulier, *the shoe*
la soupe, *the soup*
souvent, *often*
le succès, *the success*
le sucre, *the sugar*
sur, *on, upon*

T.

la table, *the table*
le tailleur, *the tailor*
tant, *so much, so many*
la tante, *the aunt*
tard, *late*
la tasse, *the cup*
te, *thee, to thee*
t'en, *some to thee*
te le, *it to thee*
te les, *them to thee*
le temps, *the time, weather;* dans peu
de temps, *in a little time*
la terre, *the earth, land*
la tête, *the head*
le thé, *the tea*
le théâtre, *the theater*
le thème, *the exercise*

le tien, la tienne, les tiens, les tiennes, *thine*
le tigre, *the tiger*
toi, *thou, thee*
la toile, *the linen*
ton, ta, tes; *thy*
tort, *wrong;* j'ai tort, *I am wrong*
toujours, *always*
tous les jours, *every day*
tout, *every thing, all; quite*
tout, toute, tous, toutes, *all;* tout à
l'heure, *presently, just now;* tout le
monde, *every body*
la tranche, *the piece, slice*
le travail, les travaux, *the work*
travailler, *to work*
treize, *thirteen*
le, la treizième, *the thirteenth*
trente, *thirty*
trente et un, *thirty-one*
trente-deux, *thirty-two*
le, la trentième, *the thirtieth*
très, *very*
triste, *sad*
trois, *three*
le, la troisième, *the third*
se tromper, *to deceive one's self, to be
mistaken*
trop, *too much, too many*
le troupeau, les troupeaux, *the flock*
(il) trouve, *(he) finds*
trouvé, *found*
trouver, *to find, meet with, like*
tu, *thou*

U.

un, une, *a, an; one*
l'un, l'une, *the one*
utile, *useful*

V.

le vaisseau, les vaisseaux, *the ship*
(il) vend, *(he) sells*
vendre, *to sell*
vendredi (m.), *Friday*
vendu, *sold*

venez, *come*

venu, *come*

le verre, *the glass*

vert, verte, *green*

vertueux, vertueuse, *virtuous*

la viande, *the meat;* de la viande, *some meat, any meat;* de mauvaise viande, *some bad meat*

la vie, *(the) life*

Vienne, *Vienna*

vieux, vieil, vieille, *old*

vif, vive, *lively*

la ville, *the town*

le vin, *the wine*

le vinaigre, *the vinegar*

vingt, *twenty*

vingt-deux, *twenty-two*

vingt et un, *twenty-one*

le, la vingt et unième, *the twenty-first*

le, la vingtième, *the twentieth*

le violon, *the violin*

la visite, *the visit*

vite, *quickly*

voici, *here is, here are*

voilà, *there is, there are*

le voisin ⎫

la voisine ⎬ *the neighbor, m. & f.*

volontiers, *willingly*

votre, vos, *your*

le, la vôtre, les vôtres, *yours*

voulu, *wished*

vous, *you, to you*

vous en, *some to you*

vous le, *it to you*

vous les, *them to you*

vrai, vraie, *true*

vu, *seen*   **Y.**

y, *there, thither, within, to it, to them*

2. ENGLISH AND FRENCH VOCABULARY,

containing all English words occurring in this book, with their meanings,
but only as used in the English Exercises.

A.

a, an, un, une
active, actif, active
Adolphus, Adolphe
to advance, avancer
to advise, conseiller
(the) affection, la passion
Africa, l'Afrique (f.)
after, après
again, encore
against, contre
the age, l'âge (m.)
ago, depuis
agreeable, agréable
all, tout, toute; tous, toutes; tout
already, déjà
also, aussi
to alter, changer
always, toujours
America, l'Amérique (f.)
amiable, aimable
among, entre
and, et
(the) anger, la colère
the animal, l'animal, les animaux (m.)
to answer, répondre
any, en
the appetite, l'appétit (m.)
the apple, la pomme; *some apples, any apples,* des pommes
April, Avril (m.)
are, sont, sommes, êtes
arrived, arrivé, arrivée
as, que, car, aussi; *as many, as much,* autant
Asia, l'Asie (f.)

to ask, ask for, demander
at, à; *at the time when,* lorsque; *at the house of,* chez; *at the baker's,* chez le boulanger; *at my father's,* chez mon père; *to or at my house,* chez moi
August (month), Août (m.)
the aunt, la tante
Australia, l'Australie (f.)

B.

bad, mauvais, mauvaise
the baker, le boulanger; *at the baker's,* chez le boulanger
the banker, le banquier
to bark, aboyer
the basket, la corbeille
to be, être, se porter; *to be amused,* s'amuser; *to be called,* s'appeler; *to be mistaken,* se tromper; *to be named,* s'appeler; *to be rejoiced,* se réjouir; *to be well,* se porter bien
to beat, battre
beautiful, beau, bel, belle
because, parce que
been, été
the beer, la bière
before, avant
to beg, demander
to begin, commencer
(I) believe, (je) crois
belong, sont à; *belongs to,* est à
the benefit, le bien
the best, le meilleur, la meilleure; *the best man in town,* le meilleur homme de la ville
better, meilleur, meilleure

between, entre
the bird, l'oiseau, les oiseaux (m.)
the birthday, la fête
to bite, mordre
black, noir, noire
to blame, blâmer
the body, le corps
the bonnet, le chapeau, les chapeaux
the book, le livre
the bookseller, le libraire
the boot, la botte
the bottle, la bouteille
bought, acheté
the box, la boîte, le coffre, la malle
the branch, le rameau, les rameaux
the bread, le pain; some bread, any bread, du pain; some, any good bread, de bon pain
to bring, mener, apporter
to bring up, élever
the brother, le frère; to my brother's, chez mon frère
Brussels, Bruxelles
to build, bâtir
the business, le commerce, l'affaire (f.)
but, mais
the butter, le beurre
to b ry, acheter

C.

to call, appeler; is called, s'appelle
the cane, la canne
to carry, porter; to carry one's self, to be, se porter
the castle, le château, les châteaux
the cat, le chat
to cede, céder
to celebrate, célébrer
the chair, la chaise
to change, changer
the cheese, le fromage
the cherry, la cerise
the child, l'enfant (m. & f.); some children, any children, des enfants
the chocolate, le chocolat
to choose, choisir

Christian, Chrétien
the church, l'église (f.)
to clean, nettoyer
clean, propre
the cloth, le drap; some good cloth, de bon drap; some blue cloth, du drap bleu
coarse, gros, grosse
the coat, l'habit (m.)
the coffee, le café
cold, froid, froide
the color, la couleur
come, venu, venez
to come down, descendre
to complete, achever
the concert, le concert
contented, content, contente
the copy-book, le cahier
to correct, corriger
to cost, coûter
the country, la campagne
the country-seat, le château, les châteaux
the cousin (m. & f.), le cousin, la cousine
the cravat, la cravate
created, créé
cried, pleuré
a crown (coin), un écu
cruel, cruel, cruelle
to cry, pleurer
the cup, la tasse

D.

the daughter, la fille
the day, le jour, la journée
(the) death, la mort
to deceive one's self, se tromper
December, Décembre (m.)
the defect, le défaut
to defend, défendre
to demand, demander
departed, parti, partie
to descend, descendre
to desire, désirer
differently, autrement

difficult, difficile
diligent, appliqué, appliquée
to dirty, salir
to divide, partager
to do (his duty), remplir; *do,* faites
the dog, le chien
the dollar, l'écu (m.)
the door, la porte
the dozen, la douzaine
the dress, la robe, l'habit (m.)
to dress one's self, s'habiller
'*drunk,* bu
dry, sec, sèche
to dry up, essuyer
during, pendant
the duty, le devoir
to dwell. demeurer

E.

each year, chaque année
the earth, la terre
easy, facile
to eat, manger
eaten, mangé
to educate, élever
educated, élevé
to efface, effacer
eight, huit
eighteen, dix-huit
the eighteenth, le, la dix-huitième
the eighth, le, la huitième
the eightieth, le, la quatre-vingtième
eighty, quatre-vingts
eighty-one, quatre-vingt-un
eleven, onze
the eleventh, le, la onzième
the ell, l'aune (f.)
Emily, Emilie
to employ, employer
to end, achever
English, l'anglais
the engraving, l'estampe (£.)
enough, assez
the estate, le bien
Europe. l'Europe (f.)

the evening, le soir, la soirée; *all the evening,* toute la soirée
every body, tout le monde; *every day,* tous les jours; *every thing,* tout·
every year, chaque année
the evil, le mal, les maux
to exaggerate, exagérer
excellent, excellent, excellente
the exercise, le thème

F.

faithful, fidèle
false, faux, fausse
the family, la famille
the fashion, la mode; *fashionable, in the fashion,* à la mode
the father, le père; *at my father's,* chez mon père
the fault, la faute, le défaut
the feast, la fête
February, Février (m.)
few, peu; *fewer,* moins
fierce, cruel, cruelle
fifteen, quinze
the fifteenth, le, la quinzième
the fifth, le, la cinquième
the fiftieth, le, la cinquantième
fifty, cinquante
to fill, remplir
to find, trouver
(he) finds, (il) trouve
fine, beau, bel, belle; *fin, fine*
to finish, finir
finished, fini
the fire, le feu, les feux
the first, le premier, la première
the fish, le poisson
five, cinq
the flock, le troupeau, les troupeaux
the flour, la farine
the flower, la fleur; *some or any beautiful flowers,* de belles fleurs
the flute, la flûte
for, car, pour, pendant
to forbid, défendre
to forget, oublier

the fork, la fourchette
formerly, autrefois
the fortieth, le, la quarantième
a fortnight, quinze jours
fortunate, heureux, heureuse
the fortune, la fortune, le bien
forty, quarante
found, trouvé
four, quatre
fourteen, quatorze
the fourteenth, le, la quatorzième
the fourth, le, la quatrième
a franc, un franc (twenty cents)
Francis, François
French, le français
fresh, frais, fraîche
Friday, vendredi (m.)
the friend (m. & f.), l'ami, l'amie
the friendship, l'amitié (f.)
to frighten, effrayer
the fruit, le fruit; *some good fruit*, de bons fruits; *some ripe fruit*, des fruits mûr
to fill, remplir

G.

the game, le jeu, les jeux
the garden, le jardin
the gardener (m. & f.), le jardinier, la jardinière
the garment, l'habit (m.)
the general, le général, les généraux
gentle, doux, douce
this gentleman, ce monsieur
gently, doucement
to get up, se lever
the girl, la fille
to give, donner, céder
to give back, rendre
give (to) me, donnez-moi
given, donné
the glass, le verre
the glove, le gant
go, allez
to go back, retourner
to go to bed, se coucher

the goat, la chèvre
God, Dieu
Godfrey, Godefroi
gone, allé, allée
gone away, parti, partie
gone out, sorti, sortie
good, bon, bonne; sage; *the good will*, les bontés (f.), *the good, that which is right*, le bien
the gown, la robe
the grandmother, la grand' mère
great, grand, grande
green, vert, verte
to grieve, s'affliger
to guide, mener
the guitar, la guitare

H.

had, eu
a (single) hair, un cheveu; *the hair*, les cheveux
half, demi, demie; *half a dozen*, demi-douzaine; *half past twelve*, midi et demi
the ham, le jambon
the hand, la main
to happen, arriver
(the) happiness, le bonheur
happy, heureux, heureuse
has, a
hast, as
the hat, le chapeau, les chapeaux
(I) have, (j')ai; *(we) have*, (nous) avons; *(you) have*, (vous) avez
he, il, lui; *he finds*, il trouve; *he likes, loves*, il aime; *he makes*, il fait; *he sells*, il vend
the head, la tête
heavy, lourd, lourde
Henry, Henri
her, son, sa, ses ; *her*, la, elle; *to her*, lui; *of her*, en; *herself*, se
here, ici; *here is, here are*, voici
hers, le sien, la sienne; les siens, les siennes
high, haut, haute

him, le, lui; *to him*, lui; *of him*, en; *himself*, se

his, son, sa, ses; le sien, la sienne; les siens, les siennes

honest, honnête

to hope, espérer

the horse, le cheval, les chevaux

the hour, l'heure (f.)

the house, la maison

how, comment? *how many*, combien? *how much*, combien? *how long*, depuis quand?

a hundred, cent

a hundred and one, cent un

the hundred-weight; le quintal, les quintaux ·

the hundredth, le, la centième

to hurry, se hâter

the hyena, l'hyène (f.)

I.

I, je, moi; *I am right*, j'ai raison; *I am wrong*, j'ai tort; *I like, I love*, j'aime; *I speak*, je parle; *I think of you*, je pense à vous

idle, paresseux, paresseuse

if, si; *if..not*, si..ne (pas) ·

if you please, s'il vous plaît

ignorant, ignorant, ignorante

ill, malade

immortal, immortel, immortelle

in, dans, à, en; *in a little time*, dans peu de temps

industrious, laborieux, laborieuse

the ink, l'encre (f.); *some ink, any ink*, de l'encre

the inkstand, l'encrier (m.)

(the) innocence, l'innocence (f.)

insincere, faux, fausse

intelligent, intelligent, intelligente

(the) iron, le fer

is, est; *is called*, s'appelle

it, il, elle, le, la; *to it*, lui, y; *of it*, en; *it to him*, le lui; *it to me*, me le; *it to thee*, te le; *it to them*, le leur; *it to us*, nous le; *it to you*, vous le; *it is*, c'est

its, son, sa, ses; le sien, la sienne; les siens, les siennes

itself, se

J.

January, Janvier (m.)

John, Jean

the joiner, le menuisier

July, Juillet (m.)

June, Juin (m.)

just now, tout à l'heure

K.

the kindness, les bontés (f.)

the king, le roi

the knife, le couteau, les couteaux

known, connu

L.

the lady, la dame; *the young lady*, la demoiselle

laid, placé, mis

the land, la terre

large, gros, grosse; grand, grande

the last, le dernier, la dernière

late, tard

Latin, le latin

the law, la loi ·

to lay, placer

to lead, mener

(the) leap-year, l'année bissextile (f.)

learned, instruit, instruite

learnt, appris

the lemon, le citron

to lend, prêter

lent, prêté

less, moins

the letter, la lettre

the library, la bibliothèque

(the) life, la vie

to lift, lever

lifted, levé

to like, aimer, trouver; *I like*, j'aime; *he likes*, il aime

the line, la ligne

the linen, la toile

the lion, le lion

· to listen, *listen to*, écouter

little, peu; *in a little time*, dans peu de
  temps
to live, demeurer
lively, vif, vive
London, Londres
long, long, longue; grand, grande
to look for, chercher
to lose, perdre
lost, perdu
Louis, Louis
Louisa, Louise
(the) love, la passion; *to love*, aimer;
  I love, j'aime; *he loves*, il aime
low, bas, basse

M.

made, fait
the maid-servant, la servante
make, faites; *(they) make*, font; *to
  make haste*, se hâter
(he) makes, (il) fait
the man, l'homme (m.)
many, beaucoup; *too many*, trop
March, Mars (m.)
Mary, Marie
the master, le maître
Matilda, Mathilde
May, Mai (m.)
me, me, moi; *to me*, me
the meadow, la prairie
the meal, la farine
the meat, la viande; *some meat, any
  meat*, de la viande; *some or any bad
  meat*, de mauvaise viande
to meet with, trouver
the merchant, le négociant
Mesdames, mesdames
Messrs., messieurs
the metal, le métal, les métaux
midday, midi (m.)
midnight, minuit (m.)
the milk, le lait   [les miennes
mine, le mien, la mienne, les miens,
the minute, la minute
(the) misfortune, le malheur
Miss, mademoiselle; *Misses*, mesdemoiselles

the mistake, la faute
to moderate, modérer
modest, modeste
the moment, le moment
Monday, lundi (m.)
the money, l'argent (m.)
the month, le mois
the moon, la lune
more, plus
the morning, le matin, la matinée, *all
  the morning*, toute la matinée
mortal, mortel, mortelle
the mother, la mère
the mountain, la montagne
Mr., monsieur
Mrs., madame
much, beaucoup; *too much*, trop; *how
  much ?* combien ?
the mustard, la moutarde
my, mon, ma; mes

N.

to name, appeler
naughty, méchant, méchante
neat, propre
the neighbor (m. & f.), le voisin, la
  voisine
never, ne..jamais
new, neuf, neuve; nouveau, nouvel,
  nouvelle; frais, fraîche
the night, la nuit
nine, neuf
nineteen, dix-neuf
the nineteenth, le, la dix-neuvième
the ninetieth, le quatre-vingt-dixième
ninety, quatre-vingt-dix
the ninth, le, la neuvième
no, non; pas de; ne..pas; ne..point;
  no longer, ne plus; *no more*, ne plus;
  no one, personne..ne
noon, midi (m.)
the nosegay, le bouquet
not, ne .. pas; *not at all*, ne .. point;
  not ever, ne .. jamais ; *not more*,
  ne plus
nothing, rien .. ne

November, Novembre (m.)
now, à présent; *just now*, tout à l'heure
the number, le nombre

O.

to obey, obéir
October, Octobre (m.)
of, de; *of it*, en
often, souvent
the oil, l'huile (f.)
old, vieux, vieil, vieille
on, sur
one, un, une; on; *one another*, se ; *the one*, l'un, l'une
only, seulement
or, ou
the other, l'autre
otherwise, autrement
our, notre, nos
ours, le, la nôtre; les nôtres

P.

the page, la page
paid (of a visit), fait, rendu
the pair, la paire
the paper, le papier   [ma mère
my parents, mes parents; mon père et
the part, la partie; *the greater part*, la plupart
(the) patience, la patience
to pay, pay for, payer
the pear, la poire
the pen, la plume
the pencil, le crayon
the penknife, le canif   [on
the people, le peuple; *people*, le monde,
the pepper, le poivre
Philadelphia, Philadelphie
the physician, le médecin
the piece, le morceau, les morceaux, la tranche
the place, la place
to place, placer
the plant, la plante
the play, le jeu, les jeux
to play, jouer
pleasant, agréable

pleased, content, contente
the pleasure, le plaisir
the plum, la prune
the pocket-handkerchief, le mouchoir
the pond, l'étang (m.)
poor, pauvre
to possess, posséder
the pound, la livre
to praise, louer
to prefer, préférer
the present, le cadeau, les cadeaux
presently, tout à l'heure
pretty, joli, jolie
the price, le prix
promised, promis
(thou) promisest, (tu) promets
to pronounce, prononcer
proper, propre
(the) property, le bien
to protect, protéger
to punish, punir
put, mis
to put, placer

Q.

the quality, la qualité
the quarter, le quart
the queen, la reine
quickly, vite, promptement
quite, tout

R.

to raise, lever
raised, levé
rarely, rarement
read, lu
to read, lire
reasonable, raisonnable
received, reçu
to recommend, conseiller
red, rouge
to refuse, refuser
to rejoice, se réjouir
the relatives, les parents
remained, resté
to reply, répondre

to rest, se reposer
to restore, rendre
to return, retourner
returned, revenu
the ribbon, le ruban
rich, riche
right, raison ; I am right, j'ai raison;
that which is right, le bien
to rinse, rincer
ripe, mûr, mûre
to rise, se lever
the road, le chemin
the room, la chambre, la salle
the rose, la rose
to rule, régler

S.

sad, triste
the salt, le sel
the same, le, la même, les mêmes
Saturday, samedi (m.)
say, dites
the scholar, l'écolier (m.)
the school, l'école (f.)
the second, le second, la seconde
a second, une seconde
to seek, chercher
seen, vu
seldom, rarement
to sell, vendre; (he) sells, (il) vend
to send, envoyer
sensible, sensé, sensée
sent, envoyé
September, Septembre (m.)
the servant (m. &f.), le domestique,
la domestique
set out, parti, partie
to settle, régler
seven, sept
seventeen, dix-sept
the seventeenth, le, la dix-septième
the seventh, le, la septième
the seventieth, le, la soixante-dixième
seventy, soixante et dix
seventy-one, soixante et onze
seventy-two, soixante-douze

to share, partager
she, elle
the sheep, la brebis
the ship, le vaisseau, les vaisseaux
the shirt, la chemise
the shoe, le soulier
the shoemaker, le cordonnier
short, court, courte; petit, petite
to show, montrer
sick, malade
the silk, la soie
the silver, l'argent (m.)
since, depuis ; since when? depuis
quand?
to sing, chanter
the sister, la soeur
six, six
sixteen, seize
the sixteenth, le, la seizième
the sixth, le, la sixième
the sixtieth, le, la soixantième
sixty, soixante
the slate, l'ardoise (f.)
slept, dormi
the slice, la tranche
slowly, doucement
small, petit, petite
so, si; so many, tant; so much, tant
the soap, le savon
softly, doucement
to soil, salir
sold, vendu
the soldier, le soldat
some, en; some to him, to her, to it, lui
en; some to me, m'en; some to thee,
t'en; some to them, leur en; some to
us, nous en; some to you, vous en
something has happened, il est arrivé
quelque chose
the son, le fils
the song, la chanson
soon, bientôt
sought, cherché
the soul, l'âme (f.)
the soup, la soupe
the sparrow, le moineau, les moineaux

to speak, parler; *I speak*, je parle
to spend, employer
the spoon, la cuiller, cuillère
started, parti, partie
stayed behind, resté, restée
still, encore
the stocking, le bas
the stone, la pierre
to strike out, effacer
strong, fort, forte
the study. l'étude (f.)
the success, le succès
the sugar, le sucre
the sun, le soleil
Sunday, dimanche (m.)
sweet, doux, douce

T.

the table, la table
the tailor, le tailleur
to take a walk, se promener
taken, pris
to talk, parler
tall, grand, grande
the tea, le thé
the tear, la larme
tell, dites
the temper, l'humeur (f.)
ten, dix
the tenth, le, la dixième
than, que
that, those, ce, cet, cette, ces; celui,
celle, ceux, celles, celui-là, celle-là;
ceux-là, celles-là; cela; *that which*, ce
qui; *that is*, c'est
that, qui, que — *that (conj.)*, que
the, le, la, les
the theater, le théâtre
thee, toi, te
their, leur, leurs
theirs, le leur, la leur, les leurs
them, eux, elles, les ; *to them*, leur, y;
of them, en; *them to him*, les lui; *them
to me*, me les; *them to thee*, te les;
them to you, vous les; *them to them*,
les leur; *them to us*, les nous

themselves, se
there, là, y; *there is*, *there are*, il y a;
there was, *there were*, il y avait
these are, ce sont
they, ils, eux, elles ; *they are*, ce sont
the thimble, le dé
thine, le tien, la tienne, les tiens, les
tiennes
to think, penser; *I think of you*, je
pense à vous
the third, le, la troisième
thirteen, treize
the thirteenth, le, la treizième
the thirtieth, le, la trentième
thirty, trente
thirty-one, trente et un
thirty-two, trente-deux
this, these, ce, cet, cette, ces ; celui,
celle, ceux, celles; celui-ci, celle-ci,
ceux-ci, celles-ci; ceci
thither, y
thou, toi, tu
thousand, mille
the thousandth, le, la millième
three, trois
to throw, *throw away*, jeter
Thursday, jeudi (m.)
thy, ton, ta; *tes*
the tiger, le tigre
the time, le temps; *the time (of the
day)*, l'heure ; *at the time when*,
lorsque
tired, las, lasse
to, à, envers; *to my brother's*, chez
mon frère; *to or at my house*, chez
moi
to-day, aujourd'hui
to-morrow, demain
together, ensemble
too many, too much, trop
the tooth, la dent
towards, envers
the towel, l'essuie-main (m.)
the town, la ville
(the) trade, le commerce
the tradesman, le marchand

—

treacherous, faux, fausse
the tree, l'arbre (m.)
the trunk, la malle, le coffre
to try, essayer
Tuesday, mardi (m.)
the twelfth, le, la douzième
twelve, douze
the twentieth, le, la vingtième
twenty, vingt
the twenty-first, le, la vingt-et-unième
twenty-one, vingt-et-un
twenty-two, vingt-deux
two, deux

U.

the uncle, l'oncle (m.)
unfortunate, malheureux, malheureuse
ungrateful, ingrat, ingrate
unhappy, malheureux, malheureuse
unless, si....ne
unthankful, ingrat, ingrate
upon, sur
us, to us, nous
useful, utile
usually, ordinairement

V.

the vegetables, les légumes (m.)
very, très
Vienna, Vienne
the vinegar, le vinaigre
the violin, le violon
virtuous, vertueux, vertueuse
the visit, la visite

W.

to wait, attendre
to walk, se promener
warm, chaud, chaude
the watch, la montre
the water, l'eau, les eaux (f.)
watered, arrosé
the way, le chemin
we, nous
to wear, porter
the weather, le temps
Wednesday, mercredi (m.)
the week, la semaine

to weep, pleurer
well, bien
wept, pleuré   [quelles?
what? que? quel, quelle; quels,
when, quand, lorsque
where? où?
which, qui, que; quel, quelle, quels,
  quelles; ce qui, ce que
white, blanc, blanche
who? qui? of whom, de qui? from
  whom, de qui? to whom, à qui? for
  whom, pour qui? who, qui
whole, tout, toute
why? pourquoi?
William, Guillaume
willingly, volontiers
the wine, le vin
to wipe, essuyer
wise, sage
to wish, désirer, souhaiter, to wish
  for, désirer
wished, voulu
with, avec; with him, with her, with it,
  with them, en
within, y
the woman, la femme
the word, le mot   [travaux
the work, l'affaire (f.), le travail, les
to work, travailler
the world, le monde
written, écrit
wrong, tort; I am wrong, j'ai tort

Y.

the year, l'an (m.), l'année (f.), each
  year, chaque année
yes, oui
yesterday, hier
yet, encore
to yield, céder
you, to you, vous
young, jeune; the young lady, la demoiselle
your, votre, vos
yours, le vôtre, la vôtre, les vôtres
youth, la jeunesse

www.ingramcontent.com/pod-product-compliance
Lightning Source LLC
Chambersburg PA
CBHW020752020726
47495CB00008B/2397